『ずっと友達でいてね』と言っていた女友達が友達じゃなくなるまで

This is the memory until the girl who said "Please be my friend forever." is no longer my friend.

3

岩柄イズカ

イラスト maruma（まるま）

Story by Iwatsuka Izuka Art by maruma

上城ゆい
「はい。あーん」

杉崎優真

お互いの手を触り合って、
お互いの気持ちを確かめ合いながら
テーブルの下で手を重ねた。
やわやわと握り合いながら勉強する。
ぎゅ〜〜〜っ

「う、うん。えっと、
この問題は……」

ゆいは無言のままうつむく。
優真はそんなゆいを見つめながら、
ジッと言葉を待った。

「あの……ね？
ユーマに……
伝えたいことが
あるの」

Contents

『ずっと友達でいてね』と言っていた女友達が友達じゃなくなるまで 3

岩柄イズカ

GA文庫

カバー・口絵　本文イラスト
marumа（まるま）

PROLOGUE ◆ プロローグ

学校からの帰り。満員の電車に揺られながら優真《ゆうま》はなんとも気まずい思いをしていた。

「…………」

「…………」

普段の帰りの電車はもう少し空《す》いているのだが、今日は別の路線で事故があったとかの影響で非常に混雑している。

それで身体の小さなゆいが潰《つぶ》されてしまわないように壁際に行かせて、優真は壁ドンのような体勢で他の乗客から護《まも》っているのだが……すごく気まずい。

……チラチラと、様子をうかがうようにゆいは優真を見上げる。

けれど目が合いそうになるとゆいはすぐに目をそらしてしまった。その様子に優真は心の中でため息をつく。

――先日、ゆいが優真の家にお泊まりした時。優真は酔っ払ってしまったゆいにキスしそうになった。

そのことを伝えてちゃんと謝罪したものの、それ以来二人の関係はぎくしゃくしてしまっている。

五月に入りゴールデンウィークを挟んだもののその空気は変わらない。二人の間にほとんど会話はなく、優真から話を振ってもゆいはだいたい頷《うなず》くか首を振るか、辛うじて一言二言返事をしてくれるかという状態だ。

これに関しては付き合ってもいないのにキスしそうになった自分が全面的に悪い。……そう割り切ろうとしているが、正直辛《つら》い。


そのまま気まずい沈黙が続く――と、カーブで電車が揺れた。

「とっ⁉」

「っ⁉」

背中を他の乗客に押されて、ゆいと身体が密着してしまった。

「わ、悪い。大丈夫か？」

「う、うん……～～っ⁉」

ゆいが顔を上げたのだが……ものすごく顔が近かった。

それこそ優真が少し腰を曲げれば唇と唇が触れてしまいそうな距離。

「～～っ。～～～～っ」

ゆいは顔をまっ赤にして身じろぎすると、カバンを使って優真とこれ以上密着してしまわない

ようにガードする。

女子としては普通の反応だろう。恋人でもない男子と身体が密着するなんてだいたいの女子は嫌がると思う。

だが少し前まで小動物みたいにピトッとくっついてきていたゆいにそんな反応をされるのはなかなかこたえた。


そうこうしている間に電車が駅に着いた。

二人で電車を降り、そのまま人の流れに乗って駅の外に出る——と、シトシトと雨が降っていた。

「降ってきたな。傘持ってるか？」

「ん……」

ゆいは小さく頷いてカバンを開ける。どうやら折りたたみ傘を探しているようだが、いつまで経《た》っても出てこない。

「……忘れたのか？」

「……ん」

「……俺《おれ》のでよければ貸してやろうか？　俺は走って帰るから」

「それは、ダメ。ユーマ、濡《ぬ》れちゃう、から……」

「……じゃあ、一緒に入るか？」

勇気を出してそう提案する。するとゆいの顔がたちまちまっ赤になった。

「………」

「…………」

しばらくの沈黙。そしてゆいは小さく、コクンと頷いた。

顔はまっ赤だけど嫌がる様子はないことにホッとしつつ傘を開くと、ゆいの方からおずおず入って来てくれる。

何日か振りの距離感な上に相合い傘。

優真も胸が騒がしくなるのを感じながら、二人並んでゆっくりした足取りで歩いて行く。

ゆいは明らかに緊張しているし、以前と違って手も繋《つな》がなくなってしまった。けれど、ちょんと優真の服をつまんで離れないようにしてくれている。

そんな小さな行動にも心がざわつく。

（嫌われたわけじゃ、ないんだよな……？）

もし本気で嫌われてしまったならいくら雨とはいえ、こんなふうに相合い傘をするなんて断固拒否されただろう。

嫌われたわけじゃないという安心と同時に、また別の罪悪感が湧《わ》いてくる。

――たぶん、ゆいは自分のことを親友とか兄貴分として信頼してくれていたんだろう。そんな相手が自分に邪《よこしま》な感情を向けていたと知ってきっとショックだっただろうし、どう接すればいいかわからなくなってしまったんじゃないだろうか？

そのことを考えると頭を掻《か》きむしりたい衝動に駆られる。

飛鳥《あすか》や名護《なご》といった友達ができたとはいえ、やはりゆいに取って一番頼りにしていたのは自分だったはずだ。

そんなゆいの信頼を裏切るようなことをしたし、もう少しで取り返しがつかないことをするところだった。

もう合わせる顔がないところなのだけど……ここで距離を取るには、もうゆいのことが好きになりすぎていて、自分勝手なのは百も承知だけど、元の関係に戻りたくて……。

そのままゆいを家まで送って行った。一言も会話はなかった。

ゆいを濡らさないため、門を抜けて屋根のある所まで行く。

「ありがと……」

ゆいは小さくそう言って、優真の傘から出る。……その腕を掴《つか》まえた。

「……ユーマ？」

「……今から、自分勝手なこと言うぞ」

「え……？」

キョトンとしたゆいに、優真はあらためて深々と頭を下げた。

「許してほしい。お前と前みたいに話せないの……めちゃくちゃ辛い」

「え、ユ、ユーマ？」

「全面的に俺が悪かった。だけど、虫がいい話なのはわかってるけど元の関係に戻りたい。俺にできることなら何でもする。だから許してほしい」

ゆいはその言葉に目をぱちくりさせる。……その様子は、まるで何について謝られているのかわかっていないかのようだった。

そして何秒かして、ハッと目を見開いてワタワタしだす。

「ま、待って！　ユーマ待って！　ち、ちがうから！　わ、わたし別に怒ってなくて！　許すとか許さないじゃなくて……！」

「……ゆい？」

何やら様子がおかしいことに気づいて、優真は顔を上げる。

ゆいは優真と視線が合いそうになると慌ててそらす。……けれど、その視線が徐々に優真の方に戻ってきた。

「ホ、ホントに違うの。わ、わたし怒ってたり嫌がってたりしてたわけじゃなくて……は、恥ずかしくて……それで……。あの、ユーマ。一つだけ、聞いていい……？」

「あ、ああ」

ゆいはギュッと、自分のスカートを握り込んだ。

「ユーマは、なんで……わたしと……キ、キス……しそうに、なったの？」

「——っ⁉」

その質問で、優真は自分が根本的に勘違いしていたことに気がついた。

これまで優真は『信じていた優真にそんなことをされたのがショックだった』という理由でゆいがよそよそしくなったのだと思い込んでいた。

だが実際はそうじゃなかった。

ゆいは単純に、恥ずかしがっていただけなのだ。そしてキスしそうになった理由を聞いてくるゆいの様子は、震えながらもまるで何かを期待しているかのように見えてしまって……。

「い、いやそれは……その、お前が『キスしていいよ』なんて言うから……」

ここで『お前のことが好きだから』と言えれば良かったのかもしれないが、羞恥心が勝って優真はつい逃げに走ってしまった。

一方、ゆいは「ふえ？」と間抜けな声を出してまた目をぱちくりさせる。そしてみるみるうちにその顔が羞恥に染まっていった。

「わ、わたしそんなこと言ったの⁉」

「い、いやあの時はお前酔ってて明らかに正気じゃなかったから！　けど俺も男なんでその……そういうこと言われると気の迷いというか……と、とにかくそういうことで！　全面的に悪いのは俺だから！　ただお前もマジで男子に対してもっと警戒心持て！　無防備すぎるから流石《さすが》にいろいろ心配だから！」

もうお互い恥ずかしくて死にそうだった。ゆいなんて耳までまっ赤で涙目になっている。

「ごめん。なんか後半逆ギレみたいになった」

「う、ううん。だいじょうぶ。……えと、じゃあ、えと……ユーマが、その……キ、キス……しそうになったのって、その……わたしが変なこと言ったからで、その……男の子的なあれで……？」

「え、ああ、うん。まあ、そうなる……の、かな。いやその……ごめん！」

「そ、それはホントに気にしないで！　わたしも悪かったみたいだし……男の子ってそういうものだって一応、ネットとかで知ってるし……」

「いやこれは俺が全面的に悪い。本当にごめん」

「そんなに謝らなくていいから。な、何もなかったみたいだし……それに……その……」

ゆいはもじもじしながら、上目づかいに優真を見上げた。

「ユーマ、なら……イヤじゃ、ないし……」

「〜〜っ！　お前な！　本当にそういうとこだぞ⁉」

「そ、そういうとこって？」

「だからいくらなんでも無防備すぎるって言ってるんだよ⁉　俺が我慢できずに襲いかかったらどうするつもりだよ⁉」

「が、我慢？」

「あ、いや、たとえ話だからな⁉　そこに反応しないで頼むから⁉　ただ、その、な？　のこのこ男の家に一人で来て、しかも部屋で二人きりなのに全然警戒しないし。それどころか俺のベッドに寝転がって居眠りしたりとか流石に……」

「だ、だいじょうぶ、だよ？　ユーマ以外にあんなことしないし……」

「だから！　そういうところだって言ってるんだよ⁉」

そうやって玄関前で騒いでいた……その時だった。

「あー……コホン」

家の扉が開いて、ゆいのお父さんが顔を出した。少し遅れてお母さんも苦笑いしながら顔を出す。

「えーっと……ごめんね二人とも。盗み聞きするつもりはなかったんだけど流石に扉の前でそんな話されると聞こえちゃうというか……」

「……ゆい。話があるので家に入って着替えて待ってなさい。それとユーマ君、私の方から話しておくので、今日のところはお引き取り願えるかな？」

「……はい。すいません……」

心の中で羞恥心に悶《もだ》えながら、優真はトボトボ帰路につく。

ただ、久しぶりにこれだけゆいと話せたのは嬉《うれ》しかった。それに――。

『ユーマ、なら……イヤじゃ、ないし……』

ゆいがもじもじしながら言った言葉が、その時の表情が頭から離れない。

好きな女子に『キスするのも嫌じゃない』と言われて平静でいられる男子がこの世にいるだろうか。

あれは『友達としてそれくらい好き』という意味なのだろうか。それとも……。

「へっくし！」

くしゃみした。雨のせいで少し身体が冷えてしまったかもしれない。

鼻水をすすりながら、優真は家へと帰っていった。

一話　風邪と看病

そうしてゆいと仲直り（？）した次の日のこと。

パジャマ姿のままベッドに座った優真《ゆうま》は、体温計を見つめてそんな声を出した。

体温計には三十八度という表示が出ている。それを見守っていたネネも小さく息をついた。

「風邪ね。お休みの連絡はしとくからゆっくり休んでなさい」

「うん……コホッ」

「昨日雨に濡《ぬ》れたのが原因でしょうね。というか、傘持ってたのになんであんなに濡れてたの？」

「……風が強かったんだよ」

――昨日ゆいを傘に入れた時、実はゆいに雨がかからないようにこっそりゆいの方に傘を傾けていた。そのせいで優真の肩が濡れてしまっていたのだ。

優真なりの紳士的な行動だったのだが、それで風邪をひいたというのは恥ずかしいことこの上ない。頬《ほお》が熱くなるのを感じながら、布団《ふとん》の中にもぐり込む。

「ゆいちゃんにもちゃんと連絡しとくのよ」

「ん～……」

ネネが部屋を出て行く気配を感じてから優真は布団から顔を出した。『風邪ひくなんて久しぶりだな』なんて思いながらだらんと力を抜く。

喉《のど》が痛くて身体が重い。手足がベッドに沈んでいくような感覚。動くのがとにかく億劫《おっくう》だ。

(けど、ゆいには連絡しないとな)

普段ゆいは、優真が迎えに来るのを家で待っている。そのまま遅刻させるわけにもいかないのでゆいに『風邪ひいたから学校休む』とメッセージを送る。

するとすぐに優真を心配する返信と体調が悪い時のアドバイスなんかが大量に来た。

文面からすごく心配してくれているのが伝わってくる。それを見てユーマは柔らかく目を細めた。

(どちらかと言うと心配しなきゃなのは自分の方だと思うんだけどな)

優真がいないなら、当然ゆいは一人で登校することになる。

優真と二人ならもうどこにでも平気で出かけられるようになったが、一人で登校というのは初めてだ。緊張した様子で電車に乗っているゆいを想像する。

けれど、あまり深刻には考えていない。今のゆいならきっと大丈夫だ。そう信じられる程度には同じ時間を過ごしてきた。

チャットでいくらかやり取りして、スマホを枕元《まくらもと》に置いた。特に何かするでもなくぼんやりと天井《てんじょう》を眺める。

……昨日のことがあってゆいと顔を合わせづらかったので、助かったと言えなくもないかもしれない。

けれど同時に残念にも感じている。……ゆいと一緒にいられないのが、寂《さび》しいだなんて思ってしまっている。

(……重症だな)

思わず苦笑いしながら目を閉じる。早く治したいし、大人しく寝ていることにした。

優真が次に目を覚ましたのは夕方だった。スマホで時間を確認した時にこれだけ時間が経《た》っていたことにびっくりした。

(うわぁ……)

そして、これまたびっくりするくらい寝汗をかいていた。肌着はもちろんその上のパジャマまでぐっしょりと湿っていて気持ち悪い。

(これは着替えないと……あれ?)

ベッド脇《わき》の小さな棚に、見覚えのないスポーツドリンクが置いてあった。

(こんなの置いてたっけ?)

あらためて時計を見るが、ネネが帰ってくる時間には流石《さすが》に早すぎる。

ただ、熱で頭がぼんやりしていてそれ以上考えるのが面倒くさくなった。

何はともあれ着替えたい。単純に気持ち悪いのもあるが、汗で濡れているせいで肌寒さを感じる。

これでは治るものも治らない。

タンスから着替えを取ろうとベッドから出たが……軽く足がふらついた。思ったよりこじらせているようだ。身体が重いし、頭がぼんやりする。

重い身体を引きずってどうにかタンスから着替えを取り出し、ベッドに腰掛ける。本当は汗も拭きたいところだが、今の体調ではしんどそうだ。

ノロノロと着替え始める……と、ちょうど上を脱いだところでガチャリと部屋の扉が開いた。

「あ、ユーマ起きて……」

「へ？　ゆい？」

扉を開けたのはゆいだった。ゆいは少しの間、部屋の入り口で立ち尽くしたまま目をぱちくりさせて、上半身裸の優真を見ていた。

「――～～～っっ⁉　ご、ごごごめんなさい！」

そして慌てて扉を閉めた。

「あの、ホ、ホントにごめんなさい！　き、着替えてるなんて思ってなくて……！　わ、わざとじゃなくて！」

「いや誰《だれ》もわざととは思ってないけど……ゴホッ」

別に男子は上半身を見られたところで特に何も感じないのだが、見た側であるゆいはそうでもないらしい。扉の向こうでまっ赤になっている姿を想像して少し微笑《ほほえ》ましくなった。

「というかなんでお前、俺《おれ》の家にいるんだ？」

「あの、えと、今朝《けさ》、学校行く前にネネさんが家に来て、ユーマの様子見てあげてって合鍵《あいかぎ》渡してくれて……」

「姉貴、また勝手にそういうことを……ゴホッ、ゴホッ」

「……ユーマ、だいじょうぶ？　声、辛《つら》そう……」

「ああ、別に大丈夫。心配す……ゲホッゲホッ」

「…………ユーマ、入るね」

再び扉が開いた。

ゆいはやっぱり恥ずかしがっていて、こちらを直視できていない。なのにまっすぐ優真の前まで来る。

「ゆい？」

「…………」

ゆいはそっと、優真の額に手を当てた。

「……熱、けっこうあるね。汗かいたから着替えようとしてたんだよね？　ちゃんと身体拭いた方がいいよ？　タオル取ってくるね」

「い、いや本当に心配しなくていいからな？　ただの風邪だから別に……」

「ユーマ。辛い時くらい、頼って」

ゆいの声は静かだったが、反論は許さないと言わんばかりの圧があった。

「タオル、取ってくるね」

「……うん」

ゆいはパタパタと部屋を出て行く。

その後ろ姿を見送って、優真は目を細めた。

ゆいは以前と比べると、本当に変わったと思う。

引っ込み思案だったり恥ずかしがり屋だったりするところは相変わらずだが、自分の意見や希望もしっかり言うようになったし芯《しん》の強さも感じるようになってきた。

今日も優真がいなくても一人で学校に行けたようだし、本当に、出会った頃と比べると大した進歩だと思う。

そしてそんなゆいの成長に自分も関《かか》われたと思うと、なんだか誇らしい気持ちになってくる。

ただその意見や希望というのの大半が『優真と遊びに行きたい』『優真のお弁当作りたい』『優真と手を繋《つな》ぎたい』といった類いのもので……正直ちょっと、照れくさい。

そんなことを考えている間にゆいが戻ってきた。手にはお湯の入った洗面器とタオルを持っている。

「お待たせ」

「ああ、ありがとう……ゴホッ」

「…………」

ゆいは口をモゴモゴさせながら、テーブルに洗面器を置く。そしてお湯で濡らしたタオルを固く絞り始めた。

「……ゆい？」

「わ、わたしが拭いてあげるね？」

「はい？」

恥ずかしがってまともにこちらを見られないような有様なのに何を言い出すのかと思った。

「い、いやいいよ。汗臭いだろうし」

「わ、わたしはそんなの気にしないから。だから、その、ユーマは……わたしに拭かれるの、いや？」

「嫌ではないけど……」

「じゃあもっと甘えて？　今のユーマは病人なんだし。拭かせてほしい」

「拭かせてほしいって……ゴホッ。あのな、昨日も言っただろ男子に対して無防備すぎだって」

「今のユーマならわたしでも勝てると思うよ？」

「そういう問題じゃなくて……」

「ユーマ」

「………わかったよ」

これは何を言っても駄目そうだなと、優真は降参した。

少し座る場所をずらしてゆいのスペースを空ける。ゆいはいそいそとベッドに上がり、優真の背中に向き直った。

「せ、背中、拭くね？」

「……ああ」

ゆいはそっとタオルを優真の背中に当てる。

「冷たくない？」

「ああ。……気持ちいい」

「そっか。よかった」

ゆいは安心したように笑顔を浮かべ、そのまま首から背中。そして軽く腕を持ち上げて腕全体や脇腹《わきばら》なども丁寧に拭いてくれる。

じっとりと汗で湿った肌を温かいタオルで拭いてもらうのは、思いの外気持ちいいものだった。

ただそれ以上に、こうして拭かれていると心臓が非常に騒がしくなってしまう。

好きな女子に身体をあちこち触られるのは想像の何倍も気恥ずかしかった。

それに気恥ずかしいだけじゃなくて、身体をあちこち触られるのはなんというかこう、男子としての本能がグツグツと沸き立つような感覚がある。

「ま、前は自分でやるから」

背中を拭き終わったと見るや、優真はゆいの手からタオルを奪い取った。

世話をやいてくれるのは嬉《うれ》しいが、さっきまでの調子で胸や腹を拭かれたりしたら流石にちょっと、思春期の男子としてたまらないものがある。

一方のゆいももう恥ずかしさが限界だったらしい。タオルを奪われても文句を言わず、顔をまっ赤にしたままベッドの上で膝《ひざ》を抱えて丸くなっている。

「あー……ゆい？　下も着替えたいから、ちょっと部屋出ててほしいんだけど」

「あ、う、うん。ごめんね気がつかなくて」

ゆいはベッドから下りるとパタパタと逃げるように部屋から出て行く。

それを見送って、優真はホーッと息を吐いた。

（だからそういうところだって何度も言ってるだろ……）

心の中でそんなことを言いつつも、気づけば自然と口元が緩んでいる。

ゆいが来てくれたことが、そしてこうして一緒にいられるのが幸せで、いつの間にか風邪で辛いことまで忘れていた。

（……やっぱり重症だな）

そんなことを考えて苦笑いした。

「ユーマ、食欲はある？　何かお腹《なか》に入れておいた方がいいと思うから、よかったらおかゆとか作るよ？」

新しいパジャマに着替えた後、そんなことを聞かれた。

最初は断ろうかと思ったが、ゆいの顔にはまるで『もっと頼って。何かやらせて』と書いてあるかのようで、大人しくお言葉に甘えることにした。

「じゃあ頼む。台所のものは好きに使ってくれていいから」

「ん。わかった」

そう言ってゆいは部屋から出て行く。少しすると台所からカチャカチャと、ゆいが食事を用意している音が聞こえ始めた。

その音を聞きながら、ベッドに仰向《あおむ》けになってぼんやりと天井を見上げる。

一緒に作るのも楽しかったが、こういうのも悪くないかもしれない。

ゆいが……好きな女子が、自分のために食事を用意してくれている。そう思うとなんともむず痒《がゆ》い気持ちになってくる。

（……今さらだけど、俺の弁当もゆいがこんな感じで作ってくれてるんだよな）

本人は『元々自分の分は自分で作ってたし二人分でもそんなに変わらない』と言っていたが、それでも優真の好きなおかずを入れてくれて、優真のために弁当箱に詰めてくれて、そしてそれを食べて『おいしい』と言うと嬉しそうに笑ってくれて……。

こんな日々が、ずっと続けばいいのになんて考えてしまう。

ゆいが朝ご飯を用意してくれて、一緒に朝ご飯を食べて、仕事に向かう自分を「行ってらっしゃい」とゆいが送り出してくれて……。

（何考えてんだ俺……）

また少し熱が上がってしまった気がした。

しばらくすると、ゆいが鍋ごと持って戻ってきた。

「ユーマ、お待たせ」

「ああ、ありがとう……ってこれは？　なんか白いけど」

「ん。冷蔵庫に牛乳入ってたから牛乳粥《がゆ》にした。わたしが体調崩した時とかはよくお母さんが作ってくれたから」

ゆいはそう言いながらいそいそとおかゆを茶碗《ちゃわん》によそう。

そしてレンゲで一口分すくって、ふーふー息を吹きかけて――。

「はい。あーん」

「…………」

あまりにも自然に『あーん』する流れに持って行かれて、優真は思わず面食らってしまった。

少し遅れてゆいも自分のやっていることに気づいたらしい。途端にワタワタしだす。

「いや、あの、えと、わたし、昔は身体弱くてよくこういうふうにしてもらってたから、それで無意識にやっちゃったというか、だからその……どうぞ」

（続けるのかよ……）

そう思いはしたものの、優真は大人しく受け入れることにした。

ゆいが差し出すおかゆを一口。

「どうかな？」

「……めちゃくちゃおいしい」

「えへへ♪　よかったぁ」

優真の言葉に、ゆいは本当に嬉しそうに笑ってくれる。

そのまま二口、三口。ゆいの作ってくれたおかゆは本当に美味《おい》しくて、食べるたびに身体に活力が戻っていく気さえした。

ただ、ずっとゆいが慈愛に満ちたような笑顔を浮かべていて微妙に居心地が悪い。

「ふふふ♪」

「……なんだよ？」

「なんだかユーマ、かわいいなって」

「男子としては女子にかわいいって言われるの複雑なんだけど」

「ふふ、ごめんね？　ただ、将来わたしに子どもができたらこんな感じなのかなって」

「まあ、お前って自分の子どもとか溺愛しそうなタイプではあるな」

「ん。自分でもそう思う。えへへ、ユーマに似てるといいなぁ」

――おかゆを吹き出しそうになった。

少し遅れて、ゆいも自分の発言の意味に気づいたらしい。「違うの！」と、まっ赤になって悲鳴のような声を上げた。

「ち、ちがって！　い、今のは言葉のあやとかそういうアレで！　あの、あの、えっと……！」

「わ、わかってる！　わかってるから！」

「…………」

「…………」

そこから会話が途切れてしまった。お互い顔をまっ赤にして、黙々とおかゆを食べる。

茶碗が空になると「もう寝る」と言って優真はゆいに背中を向けて寝転がってしまった。

……だって、あまりにもいたたまれない。『わかってる』とは言ったものの、さっきのゆいの言葉を他にどう捉《とら》えれば良いというのか。

心臓がバクバク鳴っている。これは、やっぱり、もしかして……。

それ以上はもう限界だった。無理やり考えるのを打ち切って、優真は狸寝入り《たぬきねい》りすることに決めた。

†

「……ユーマ、寝ちゃった？」

しばらくして、ゆいは小さく声をかけた。

優真からの返事はない。スヤスヤと寝息を立てている。

「……」

そーっと近づいて、寝顔を覗《のぞ》き込む。優真の寝顔はどこかかわいくて、ゆいは柔らかく目を細めた。

ただ……さっきはかなり、致命的なことを言ってしまった。

『子どもができたら溺愛しそう』なんて言われてつい、優真との間にできた子どもをかわいがるのを想像してしまって……。

（わたしって、やっぱり重いのかなぁ……）

まだ付き合ってすらいないのにこんなことを考えるのは自分でも流石にどうかと思う。

「……」

ゆいはあらためて部屋を見回す。

優真の部屋。……好きな男の子の部屋。

前回お泊まりに来た時は綺麗《きれい》に片付けてあったが、今日は急に来たのもあって漫画が机の上に出しっぱなしだったり先程着替えたパジャマが床に丸めてあったりと生活感がある。

……前回来た時よりもソワソワする。優真のプライベートな空間にいるんだという感じがより強くなったというかなんというか。

それに今の優真はいつもより弱ってて、いつもとは逆に自分を頼ってくれて、病人にこんなことを思うのは良くないのになんだか胸がキュンキュンしてしまう。

(寝顔、かわいいな……)

普段、優真のことは頼りになるお兄ちゃんのように感じているが、優真もゆいと同じ十五歳だ。寝顔にはまだあどけなさがあって、こうやって眺めていると母性的なものがうずくのを感じる。

優真の頭に手をやって、起こさないように優しく撫《な》でる。いつもは優真に撫でてもらっているけど、こうやって撫でてあげるのも幸せな感じがした。

そうしているとふと、小さな頃にお母さんに看病されていた時のことを思い出した。

昔はよく体調を崩してお母さんに看病してもらっていた自分が、今はこうして好きな男の子の看病をしている。そう思うと不思議な気分だ。

——そういえば。

小さい頃、お母さんは去り際にいつも元気になるおまじないだと言ってほっぺたにキスしてくれていた。

……胸がドキドキしている。自分は今、すごいことをしようとしている。

そっと顔を近づける。

「ユーマ、寝てる……よね？」

反応はない。

スヤスヤと寝息を立てている優真を見ていると、愛《いと》おしくて、ドキドキして……こんなことやめた方がいいと頭では考えているのに、気持ちが溢《あふ》れだして制御できなくなってしまう。

「げ、元気になるおまじない……するね……？」

そう言い訳して、目を閉じて――チュッ、と。ほっぺたに軽くキスをした。

もうそこで限界だった。ゆいはまっ赤な顔をして、逃げるように部屋を出て行った。

狸寝入りをしていた優真はゆいが出て行った後、枕《まくら》に顔を埋めてしばらくのたうち回るのだった。

◆二話◆　看病と甘えん坊

◆◆◆

ゆいがお見舞いに来た次の日には熱もほとんど下がっていて、二日後には完全に回復していた。

優真《ゆうま》はベッドの上で熱を測り、平熱まで下がったのを確認する。

（けっこうこじらせた感じだったけど……ゆいが看病してくれたおかげかな……）

そのことを思い出すと、ついほっぺたにキスされたことまで思い出してしまって恥ずかしさで死にそうになった。

そっと自分の頬《ほお》に手を当てる。まだキスされた感触が残っている気がする。

――あのキスは本人の言っていた通りおまじないなのだろうか。それとも……なんてことも考えてしまう。

そうだったら嬉《うれ》しい。けれど、これからどんな顔して会えばいいんだろう？　それに油断しているとつい口元が緩んでしまって、真顔を保つのすら大変だった。

とりあえずリビングまで行くと、ネネがもう朝食の準備をしてくれていた。

「ゆーくんおはよー。体調は大丈夫？」

「ああ、もう全然平気」

「ま、昨日の時点でけっこう元気そうだったしね。んふふ、ゆいちゃんがお見舞いに来てくれたおかげかしら？」

「……～～～っ」

頬が熱を持つのを感じた。

実際、ゆいがお見舞いに来てくれてから急激に体調が回復した。病は気からともいうし、本当にゆいのおかげかもしれない。

だがそう考えるとまたほっぺたにキスされたことを思い出してしまって、慌てて考えるのを打ち切った。

ひとまずテーブルについて、朝食のトーストと牛乳に取りかかる。

ネネも向かい側に座ったのだが……何か気になるのか、ジッと優真の顔を見つめていた。

「……ねえゆーくん？」

「ん？」

「ゆいちゃんとキスでもした？」

飲んでいた牛乳を吹き出しそうになった。

「な、なんでそんな話になるんだよ⁉」

「自分で気づいてないみたいだけど、ゆーくんって恥ずかしがってたり照れたりした時に目が泳ぐ癖《くせ》があるのよね。それでゆいちゃんの話をした途端目が泳ぎ始めたから何か進展したのかなーって。ねえねえ何かあったの？　お姉ちゃんにも青春お裾分《すそわ》けしてよ〜？」

「べ、別に何もないから！」

「あ、また目が泳いだ」

「〜〜〜〜〜〜〜っ」

優真はぷいっとネネから顔をそらす。そんな様子にネネはいたずらっ子のような顔でニヤニヤ笑っていた。

「そ、それより姉貴！　ゆいに合鍵《あいかぎ》渡しただろ⁉　流石《さすが》に合鍵はまずいだろ合鍵は！」

「露骨に話題そらしたわね。ま、別にいいじゃない。ゆいちゃんが家に忍び込んで何かするとも思えないでしょ？」

「それはそうだけど……」

「それに将来本当の家族になるかもしれないしね〜？」

「〜〜〜〜っ」

朝はそうして、散々ネネのおもちゃにされた。


そんなこんなあったものの、いつものようにゆいを家まで迎えに行く。

家の前で一度深呼吸。どうにかポーカーフェイスを作ってインターフォンを押す。

だが、いつもならすぐにゆいが顔を覗《のぞ》かせるのに今日はなかなか出てこなかった。

少ししてゆい……ではなく、ゆいのお母さんが顔を覗かせた。

「あれ？　えと、おはようございます」

「おはよう。ごめんなさいねユーマ君。あの子、風邪ひいちゃったみたいなの」

「え」

タイミング的に、明らかに自分の風邪がうつったやつだ。

やってしまったと思った。ゆいは身体が弱いことを知っていたのに、その可能性がすっぽり頭から抜けていた。

「すいません。たぶん俺《おれ》のこと看病してくれた時に……」

「あら？　そんなことがあったの？」

「ゆいさんから聞いてないんですか？」

「ええ。ふふ、以前は何でも私達に話してくれたけど、あの子もそういうお年頃なのね」

お母さんはどことなく嬉しそうにそう言うと、「あ」と小さな声を上げた。

「もしかしてあの子、ユーマ君の家の合鍵持ってたりする？」

「え？　あー、はい。姉が渡したみたいで……」

「そっかそれで。いやね、一昨日あの子の部屋を開けたら嬉しそうに鍵《かぎ》を眺めてて、珍しく『入る時はノックして！』なんて怒られちゃって。そっかそっか、ユーマ君の家の鍵だったんだ」

また頬が熱を持つのを感じた。そんな優真をお母さんは微笑《ほほえ》ましそうに見ている。

「……ちょっと待っててね」

お母さんはそう言って一度家に入ると、少ししてまた出てきた。

「ユーマ君。手を出して」

「え？　なんで……」

「いいから」

手を出す。するとその手にリボン付きの鍵を渡された。

「……へ？」

「うちの合鍵。学校終わった後、よかったら様子を見てあげてくれないかしら。……本当は今日のお仕事休んで看病してあげたかったんだけどあの子ったら『気にしないで仕事行って』の一点張りで。昔からそういうことに気をつかっちゃう子なのよねぇ。でもユーマ君が来てくれるのなら喜ぶと思うから」

「いや、あの、けど流石に合鍵は……」

「迷惑かしら？」

「迷惑ではないですけど……その、俺も一応男なんですけど？」

「その辺は信用してるから。……信用してるからね？」

結局そのまま、押し切られるような形で鍵を受け取ってしまった。

なくさないように財布の中に大切にしまっておく。

(……ゆいも俺の家の合鍵持ってるんだよな)

お互いに相手の家の合鍵を持っている。それはなんだか、妙にくすぐったかった。


その後、一人で学校に向かった。

駅に向かうのも、電車に乗るのも一人。

以前は何でもなかったのに、隣にゆいがいないのが寂《さび》しい。

(なんだかんだで初めて会った日からほとんど毎日一緒だったからな)

もはやゆいがいないとダメな心と身体になってしまったのだろうか？　などと冗談交じりに考えていると、ポケットに入れていたスマホが震えた。

片手でつり革に摑《つか》まりながら画面を見るとゆいからだ。

『おはよー。風邪ひいたー』というメッセージと一緒にベッドで寝込んでいるアニメキャラのスタンプが送られて来ている。

『ごめんな。たぶん俺からうつったやつだよな』

そう送信すると秒で返事が来た。

『だいじょうぶ。症状も軽いし今日休んだのも念のためって感じだから気にしないで。それよりユーマは平気なの?』

『ああ、おかげさまで』

『けど無理はしちゃダメだよ? 体力落ちてるかもだし、体育もしんどそうなら見学してね?』

『なんでお前が俺のこと心配してるんだよ今寝込んでるのお前だろ(笑)』

『まあわたしは病気慣れしてるからね』

『嫌な慣れだな……。とにかく! 今日は大人しく寝てろよ? あともうすぐ電車が駅に着くからいったん切るぞ?』

『ん。また暇になったら連絡するねー』

『だから寝てろ!』

そう言って何故《なぜ》か持ってた『安らかに眠れ……』というアニメキャラのスタンプを送りつける。

……時間にして数分程度の短いやり取りだったのに頬が緩んでいるのを感じる。ほのかに感じていた寂しさはどこかに行って、心が弾んでいるのを感じる。

(……マジでゆいがいないとダメになってないか俺?)

そんなことを考えて苦笑いした。


「杉崎《すぎさき》くんおはよー。今度はゆいちゃんが風邪ひいちゃったんやってね?」

教室に入ると、先に来て名護《なご》と話していた飛鳥《あすか》にそう言われた。

「ああ。ゆいから聞いたのか?」

「うん。さっき風邪ひいたからお休みするーって」

そう言って飛鳥は持っていたスマホをこちらに向ける。

『風邪ひいた』『お大事に』というスタンプを送り合っていたようで、チャット画面にはクマのスタンプがずらっと並んでいた。

……普段、ゆいと優真がやり取りしている時はアニメや漫画のキャラのスタンプを使うことが多いが、飛鳥とのチャットでは飛鳥がそこまで詳しくないことを配慮してかあまり使われていない。

少し新鮮な感じがした。

「そういや飛鳥とゆいってチャットでどんな話してるんだ?」

「えー、男子がそれ聞くん?」

「あ、いや、深い意味とかがあるわけじゃなくてな? ゆいって俺とチャットする時はだいたいアニメとかゲームの話してるけど、女子同士だとどんな会話してるのかなって。別に言いたくないなら言わなくていいから」

「んー、そやなー。これはちょっと杉崎くんには教えられへんかなー?」

「……そういう言い方されると逆に気になるんだけど」

「あかんでー? 乙女の秘密やでー? 流石にあんな内容話したらゆいちゃんに怒られるもん」

飛鳥はニマニマしながらそんなことを言う。

……ガールズトークというのは男子の想像の数段上を行くような内容だと何かの漫画で読んだことがあるが、ゆいも意外とそういう話をしているのだろうか？　ちょっと想像できないが。

「まあ、話す内容の半分くらいはうちの惚気話《のろけばなし》なんやけどねー♪」

飛鳥はそんなことを言って名護の腕に抱きつく。

「飛鳥、学校ではあまりベタベタするなと言っているだろう」

「えー？　いいやんちょっとくらいー」

そう言って腕から離れようとしない飛鳥に、名護は「やれやれ」とため息をつく。

だがその眼《め》は柔らかくて、端から見ていても飛鳥のことを大切にしていることが伝わってくる。

「このバカップルめ」

「お前が言えた義理ではないだろう」

優真の言葉にすかさず名護はそう返した。

「僕達が不本意ながらそういう評価を受けていることは理解しているが、少なくともお前達ほどじゃない」

「そやねー。女子の間やと二人のこと『夫婦』で通ってるし」

「ちょっと待てそんなことになってるの⁉」

ゆいとは学校にいる間はいつも一緒にいるし、昼には手作りのお弁当をもらったりしている。

それを何人にも目撃されているので付き合っていると思われるのもある程度は仕方ないと思っていたが、流石に夫婦呼びまでされているとは思わなかった。

「あのな、そういうのはホントやめろよ？　俺はともかくゆいがどう思うかわからないだろ」

「やけどなー。二人がそういうふうに呼ばれるようになったたん、ゆいちゃんが原因やしなー」

「へ？」

「いやな？　体育とか女子と男子で分かれてやるやろ？　その時とかに他の子と集まってゆいちゃんと話したりもするんやけど、ゆいちゃん杉崎くんのこと話す時めっちゃ幸せそうな顔で話すもん。もうどこの新婚さんやねんって感じで」

「う……」

頬が急速に熱を持つのを感じる。好きな女子がそんなふうに他の女子と話していたと聞くのはかなり照れくさい。

「というかさ。もうぶっ込んでまうけど杉崎くんってゆいちゃんのこと好きやろ？」

「ノ、ノーコメント」

「いやそこではっきり否定せえへん時点でもう好きって言ってるようなもんやん」

「ぐう……」

優真は苦しげに顔をしかめる。

助けを求めるように名護の方を見ると、名護は曖昧な表情を返してカバンから一冊の文庫本を取り出して優真に手渡した。

渡されたのはライトノベル『ご近所の聖女さま』。

端から見ると明らかに相思相愛だがなかなか付き合うには至らない二人の甘々な恋愛模様と「早く付き合え！」と言いたくなるようなもどかしさで有名な作品だ。

「つまりそういうことだ」

「どういうことだよ⁉」

いや、名護の言いたいことはなんとなくわかる。

つまり自分とゆいは、あの名護ですら「早く付き合え」と言いたくなるような状態ということだろう。

――と、そこでキーンコーンカーンコーンとどこか間の抜けた予鈴《よれい》が鳴る。

優真はそれを口実にして、逃げるように自分の席に行った。

†

――自分はゆいの信頼を裏切るようなことをしたはずだ。

酔っ払って、明らかに正気じゃないゆいにキスしそうになった。距離を取られたって仕方ないことだと思う。

なのにゆいは、風邪をひいていたとはいえ家までお見舞いに来て看病してくれて……狸寝入《たぬきねい》りしていた自分の頬にキスまでしていった。

友達や兄貴分として好かれているのは知っている。だがそれだけで、あのゆいが頬にキスまでするだろうか？

その答えは敢《あ》えて出さないままにして、学校が終わった後ゆいの家に来た。

一応インターフォンを押す。が、応答はない。

このまま帰りたいという気持ちと、ゆいに会いたいという気持ちが半々くらい。

一度深呼吸して、門を開けて扉の前まで行く。……別にやましいことはしていないのだが、つい誰《だれ》にも見られていないか周りを見回してしまった。

お母さんにもらった合鍵を鍵穴に差し込み、なるべく音を立てないようにカチンと横に回す。

自宅ではもう数え切れないほど繰り返している動作なのにすごく緊張する。

ドアの取っ手に手をかけ、そっと開く。隙間《すきま》から頭だけ入れて中の様子をうかがう。

家の中はシンと静まりかえっていて物音一つしない。だが、玄関にはゆいがいつも履《は》いている靴が揃《そろ》えて置いてあった。

「おじゃましまーす……」

声をかけて家の中に入る。返事はない。

（寝てるのかな？）

そう思いつつそろりそろりと家に上がる。やはり物音はしなくて静まりかえっている。自分の足音すら気になってしまい忍び足でゆいの部屋のある二階に上がる。

そうしてゆいの部屋の前まで来た。コンコン、と軽くノックする。やはり返事はない。

優真は意を決して、慎重に扉を開いた。中を覗くと、ゆいがベッドに横になっていた。

扉の隙間から部屋に身体を滑り込ませ、そーっと近づく。

ゆいはやはり眠っていた。だが熱があるのか顔が火照っていて額には汗が浮いている。

そっと、手で頬に触れてみた。熱い。けっこう熱がありそうだ。

すると、ゆいの目が薄く開いた。

「あ、悪い。起こしたか？」

「…………」

ゆいは答えない。熱でぼんやりしているのか寝ぼけているのかはわからないが、焦点の合わない目で優真の方を見ている。

……と、頬に触れていた優真の手に、ゆいは自分の手をそえた。そしてほんのりと表情を緩めて、愛《いと》おしそうに優真の手に頬ずりする。

柔らかくてきめ細かい肌の感触。いつもより高い体温。なんともむず痒《がゆ》い気持ちになりながら、優真はゆいのなすがままになっていた。

しばらくすると、徐々にゆいの目の焦点が合ってくる。

「…………え？　ユ、ユーマ？」

「……おう」

「ご、ごめんなさい！　ゆ、夢だと思ってて……」

（夢だったらあんなことするのか……）

そう思いはしたが口には出さないでおいた。

「えと……あ、あれ？　ユーマ、なんでいるの？」

「お見舞いにきたんだよ。お前のお母さんから合鍵渡されて様子見てくれって」

「そ、そっか」

「この間のお返しってわけじゃないけど、何かしてほしいこととか無いか？　何でもいいぞ？」

「ん、ありがと。……ちょっと離れて」

「へ？　ど、どうした？」

「……汗、かいてるから。汗臭いの、恥ずかしい」

「別にそんなこと気にしないから。それを言うなら俺が風邪ひいた時も汗かいてただろ」

「男の子と女の子じゃ違うもん……」

「そうか？　むしろゆいはいい匂《にお》……ごめん今のなし」

かなりアレなことを口走ってしまって、優真は口をつぐむ。

ゆいも恥ずかしいのか布団《ふとん》に潜ってしまった。

「あー……なんかごめん」

「う、うん。だいじょうぶ……」

ゆいはそう言って、またそろりそろりと顔を出す。

「えと、とりあえず着替えるから、ちょっと部屋、出てて」

「汗拭かなくて大丈夫か？　よかったらタオル持ってきて……」

「…………っ」

ゆいが途端に固まった。『どうしたんだろう？』と思ったが、少しして優真もゆいが何を想像したのか気づいてしまった。

──これ、自分が風邪ひいてた時とまったく同じシチュエーションだ。

あの時は優真が風邪をひいていて、ゆいが身体を拭いてくれた。

それで、今は逆にゆいが風邪をひいてるから……。

「と、とにかくタオル用意してくる！」

逃げるように部屋から出て扉を閉めた。心臓がバクバク鳴っている。

いや、流石にゆいも男子である優真に『身体を拭いてほしい』なんてことは言わないと思う。

ただゆいは時折優真がびっくりするくらいの行動力を発揮するのも確かなわけで……万が一そういう展開になったら、本当に理性がもたない。

何はともあれお湯とタオルを用意してやって、ゆいが身体を拭いたり着替えたりしている間は部屋の外で待った。

「ユーマ？　入っていいよ？」

しばらくすると部屋の中からそんな声が聞こえてきた。

扉を開けるとパジャマを着替えたゆいがベッドに座っていた。

「無理せず横になってろよ。俺のことは気にしなくていいから」

「ん」

優真に言われて、ゆいは大人しくベッドに横になる。優真はそこに布団をかけてやった。

「じゃあ、あらためてだけど何かしてほしいことないか？　原因俺なんだし、わがまま言ってくれていいぞ」

「そんなに気にしなくてもいいのに……」

「弱ってる時ぐらい頼れ。この間お前が自分で言ってただろ」

「……わたし、普段からユーマに頼りっぱなしだと思うけど……」

「いいんだよそういうのは。それで、何かしてほしいことは？」

「んと、じゃあ、冷却シート、もうぬるくなって剥《は》がしちゃったから、換えのやつ……」

「ああ、これだな」

ベッド横の机に載っていた冷却シートを手に取った。

透明なフィルムを剝がして、巻き込まないようにゆいの前髪をかき上げて、額にぺたりと貼《は》ってやる。

「ありがと……」

「他にはないか？」

「ん、こうやって話し相手になってくれるだけでも嬉しいから。あ……けど……」

「なんだ？　遠慮するなよ？」

「……わがまま言ってもいいんだよね？」

「おう」

「じゃあ……手、握ってくれたら……嬉しい、かも……」

体調を崩した時はやはり心細いのだろうか？

少し照れはあったが、手を握るのは比較的慣れている。

ゆいがおずおずと布団から手を出すと、優真はいたわるようにその手を取った。

小さな手はいつもより体温が高かった。二人は感触を伝え合うようににぎにぎと握りあう。

「ふふ、ユーマの手、冷たくて気持ちいい……」

「他には？」

「……頭も、なでてほしい……」

「はいはい」

片手で手を握ったままもう片方の手で頭を撫《な》でてやる。風邪で弱っているせいか、甘え方がいつもよりもストレートだ。

「ね……ユーマ」

「ん？　どうした？」

「ユーマは、どうしてわたしにこんなに優しくしてくれるの？」

「そりゃあ、お前は大事な親友で妹分だからな」

優真がそう言うと、ゆいが少し切なげな顔をした。

「……それだけ？」

「え……」

ドキリとした。

親友で、妹分。けれどもゆいはそれ以外の……思い上がりでなければたぶんそれ以上の回答を求めている。

「俺は……」

心臓がドキドキしていて頬が熱い。そしてゆいの顔もさっきより赤くなっていた。お互い無言のまま、それでも想《おも》いを伝え合うように手を握り合って、指を絡《から》ませる。

「ユーマ……もっとわがままなこと、言ってもいい？」

「え？　あ、ああ。もちろん」

「……添い寝、してほしい」

「……っ。だからお前な。無防備すぎるってあれほど……」

「……だめ？」

「…………今回だけだぞ」

そう答えて上着を脱ぐ。布団をめくるとゆいも優真が入るためにスペースを空けてくれた。

ベッドに入ると、ゆいはポフッと優真の胸に顔を埋めた。

少したらめいながらも、それをそっと抱きしめる。

（ああ、やばいな、これ……）

ゆいの身体は小さくて柔らかくて、温かい。

腕の中にすっぽりと収まって、すごく抱き心地がいい。

ふわふわと頭を撫でると、ゆいは甘えるように優真の胸にすりすりしてくる。たとえようもない幸福感が心を満たしていく。

前にゆいの家にお泊まりした時も、こうしてゆいを抱きしめて寝たことはあった。けれどあの時は、雷に怯《おび》えるゆいを怖がらせないためのものだった。

今はまるでお互いの身体が溶け合っているような、このまま溶けてしまいたいような……そんな感覚だった。

男子としての欲求も多少はあるのだけれど、それ以上にこの時間が幸せで、ドキドキしているのに不思議と安心して、ずっと離したくないなんて思ってしまう。

「これでいいか?」

「ん……」

「今日はいつもより甘えん坊だな」

「ユーマがわがまま言っていいって言ったもん……」

「まあ、今日だけな?」

「ん……」

そう言ってゆいは、優真の抱擁を堪能するように優真の胸に顔を埋める。

ゆいもこうして抱き合っているのが幸せだと思ってくれているのだろうか? 自分と同じ気持ちになってくれているのだろうか?

そう思うともう、ゆいのことが愛しくて愛しくてたまらない。

その気持ちを持て余して、あまりゆいの身体に触れすぎないようにしていたのについぎゅっと、抱きしめる腕に力を込めてしまった。

「あう……」

「あ、わるい。苦しかったか?」

慌てて力を緩める。だがゆいは優真の服をつまむとちょんちょんと引っ張って、熱に浮かされたような表情で優真を見上げた。

「ううん。……もっと」

「……〜〜〜っ」

そんなことを言われたらもうたまらなくて、優真はゆいのことをぎゅーっと抱きしめた。

少しすると、すぅ、すぅ、とゆいが寝息を立て始めた。

（やっぱり、好きだなぁ……）

こうやって安心して身を任せてくれているのも嬉しくて、心が満たされていく。

ただ、少し困った体勢になった。

優真の腕はゆいに腕枕《まくら》している状態だし、ゆいも足を優真に絡めている。

ゆいが眠ったら帰るつもりだったのだが、無理に離れようとすれば確実にゆいを起こしてしまうだろう。けれど幸せそうに眠っているゆいの邪魔をしたくない。

（ゆいの匂いがする……）

花のような甘い匂い。いつもより小動物感が増してるせいだろうか？　こんな体勢なのに不思議と心が落ち着く。

ゆいの身体は柔らかくて、温かくて、まるで極上の抱き枕でも抱いているような感覚だ。こうしていると身体の疲れとかストレスが全部溶け出していくような感じさえする。

やがてだんだんまぶたが重くなってきて……優真も一緒に寝てしまった。

†

カシャッというスマホの電子音で目を覚ました。

「う、ん……？」

「あ、ユーマ君。起こしちゃった？　ごめんね、二人ともかわいい寝顔だったからつい」

「……へ？」

上を見るとゆいのお母さんがスマホを構えていた。どうやら写真を撮っていたらしい。

少し遅れて自分の今の状態に気づく。

ゆいと抱き合ったまま、一緒に寝ていた。それをゆいのお母さんに見られた上に写真に撮られた。

「消してください⁉」

「大丈夫。他の誰にも見せないから。時々眺めて癒やされたいだけだから。ふふふ、けれどゆいの部屋を覗いた時はびっくりしちゃった。一緒に寝てるもんだからついに大人の階段上っちゃったのかって」

「お、大人の階段って、いや、あの、その」

「う……ううん……」

ゆいが小さく呻《うめ》く。どうやら起こしてしまったようだ。

だがゆいは血圧が低いせいか寝起きが悪い。まだうとうとしている。

そしてゆいは寝ぼけたまま、優真の胸に顔を埋めた。そのまま愛おしそうに頭をすりつけてくる。

子猫みたいで非常に可愛《かわい》らしいのだが、今はまずい。

「ゆ、ゆい⁉　起きろ！　な⁉」

「や～……」

「いやお前のお母さんいるから！　今目の前にいるから！」

「ふえ……？」

間抜けな声を上げてゆいは上を見た。ニコニコ笑っているお母さんを見て、優真を見て、もう一度お母さんを見て、途端にワタワタし始めた。

「お、お母さん⁉　え⁉　も、もう夜⁉」

「うふふ、ぐっすり眠ってたみたいねー。うんうんわかるわかる。私も昔はお父さんと……」

「そ、そういうのじゃないから！　えと、あの、汗かいたからシャワー浴びてくる！」

「風邪をひいてる時にシャワーはやめといた方がいいわよ？」

「も、もう治ったから！」

ゆいはそう言うとすぐに着替えを用意してパタパタと逃げるように部屋から出て行ってしまっ

た。

「うふふ、あの子ったら照れちゃって。まあ確かに、男の子の前で汗びっしょりなのは恥ずかしいかしら」

その言葉で優真も気づいてしまった。

自分が着ているブラウスがぐっしょりと湿っている。最初は自分の寝汗かと思っていたが、これはゆいのものだ。

風邪が治りかけの時はびっくりするくらいの寝汗をかくことがあるのでそれだろう。……ゆいの汗、そう思うと途端に恥ずかしくなってきた。

「なんだったらユーマ君もゆいと一緒にシャワー浴びてくる？」

「い、いいですから⁉　いや、あの、本当にそういうのじゃなくて！」

「けどユーマ君はゆいのこと好きでしょ？　入学式の日に情熱的に『娘さんを僕にください』って言ってくれたもんね？」

「〜〜〜っ」

恥ずかしがる優真の様子に、お母さんはクスクス笑っている。

――やっぱりこの人、姉貴と同じタイプだ。優真は心の片隅でそんなことを思う。

「いい時間だし、良かったら一緒に夕飯はいかがかしら。ユーマ君とお話ししたいし、きっとあの子も喜ぶわ」

「い、いやけどそんな」

「それに、どういう経緯でうちの愛娘《まなむすめ》と一緒に寝ていたのか詳しく聞かせてもらわないとだしね。特にお父さん、二人が一緒に寝てるのを見た瞬間ものすごい顔してたし」

「うぐ……っ」

——結局押し切られる形で晩ご飯を一緒に食べるのを了承してしまった。

リビングに行くとゆいのお父さんがテーブル前に腕組みして座っていた。帰りたいと心底思った。

「……こんばんわ。ユーマ君」

「ど、どうも」

「ほらほらあなたったら。一人娘を取られそうだからってそんな威圧感出しちゃダメよ」

「…………」

お父さんはすねたように閉口する。その様子でなんとなくこの家のパワーバランスがわかったような気がした。

お母さんに背中を押されるまま、お父さんの正面の席につく。

「あー……まずはお礼を言っておこう。ユーマ君、いつも娘がお世話になっているね」

「い、いえそんな。大したことはしてませんし。こちらこそ仲良くしていただいて……」

「謙遜はしないでくれ。ゆいが毎日楽しそうに学校に通えているのは君のおかげだ。それに関しては心から感謝している。ただ、そのね。男女の距離感というか……流石にちょっと、近すぎるのではないだろうか」

「それは……はい。本当にすいません」

距離感に関しては否定しようがないので謝っておく。そんな様子にお母さんはクスクスと笑っていた。

「ふふ、お父さん。娘の恋愛に口を出す父親は嫌われちゃうわよ？」

「いや、しかしだね」

「それに私達が言えた義理でもないでしょう？　私達が学生の時なんて……」

「ゴホンゴホン！」

お父さんは大げさな咳払《せきばら》いでなんとかごまかそうとしている。

以前ゆいが言っていたが、二人は高校生のうちに結婚したそうだ。お母さんが十六歳の誕生日を迎えてすぐに婚姻届を出したんだとか。

高校生のうちに結婚なんて想像もできないが、仲が良さそうな二人の様子を見ていると少し憧《あこが》れてしまう。……自分もゆいとそうなれたらなんて、心の片隅で考えてしまう。

家にゆいがいて、一緒にご飯を作ったり、二人で並んでゲームしたり、さっきみたいに抱き合って一緒に寝たりして……と、今そういうことを考えるのはまずいことに気づいて無理やり打ち切った。

一方、お母さんの言葉に気勢がそがれたのか、お父さんは肺にたまった空気を吐き出した。

「……先程も言った通り、君には心から感謝している。最低限の節度は守ってほしいが口うるさくするつもりはない。……だから私から聞きたいのはこれだけだ」

お父さんはそう言って、まっすぐに優真の目を見た。

「ユーマ君。君はゆいのことを、大切にしてくれるかい？」

「――はい。大切にします」

自分でも驚くほど自然にその言葉が出た。

ゆいのことを大切にしたい。幸せにしたい。その気持ちは揺るがない。きっとこれから先もずっと。

その答えで今まで険しかったお父さんの表情がほんの少し緩んだ気がした。……と、その時だ。

カタンとリビングの外、廊下の方で物音がした。

優真はビクッとしてそちらを見る。

そうしているとゆいのお母さんがリビングから顔を出して廊下の様子を見てくれた。

「大丈夫。誰もいないわよ」

お母さんはにっこり笑ってそう言った。

――助かったと思った。流石に今の話はゆいに聞かれたくない。

優真はホッと胸をなで下ろした。

†

一方その頃《ころ》、ゆいは顔をまっ赤にして腰が抜けたようにぺたんと廊下に座り込んでいた。

(ユーマ君。君はゆいのことを、大切にしてくれるかい?)

(――はい。大切にします)

気恥ずかしくてこっそりと戻ってきたのが悪かった。たぶん……自分が聞いちゃダメな会話を聞いてしまった。

幸いお母さんが機転を利《き》かせて『誰もいない』と言ってくれたが、これは、ちょっと、恥ずかしすぎる。

まだこちらを見ていたお母さんにハンドサインで『部屋に戻ってる』と伝えるとお母さんは指で丸を作ってオーケーを返してくれた。

優真に気づかれないようにこっそり部屋に戻って後ろ手に扉を閉めると、扉にもたれかかってズルズルとその場に座り込んだ。

心臓がバクバク鳴っている。だって、二人ともすごく真剣な声だった。

お父さんの声は『学校でゆいのことをよろしくね』という軽い感じのものではなかった。それこそ『ゆいのことを一生大切にしてくれるか』というくらい重いもので。

それに対して優真も『はい。大切にします』って真剣な声で答えて……。

心臓がドキドキしすぎてクラクラする。

優真が自分のことを大切にするって言ってくれた。いや、これまでも十二分に大切にしてくれていたけれど、たぶんあれは、また違う意味で……もしかしたら、なんというか、『娘さんを僕にください』的な……。

――と考えていると、コンコンと扉をノックする音が聞こえて飛び上がりそうになった。

「ゆい、入っていい？」

続いてお母さんの声。少しホッとして「う、うんっ。どうぞ」と招き入れる。

扉を開けて入ってきたお母さんはゆいを見るなり苦笑いした。

「大丈夫？　顔、すっごい赤いわよ？」

「だ、だって……」

「その様子だとはっきり聞こえちゃったみたいね？」

「…………ん」

ゆいは小さく頷《うなず》く。優しい笑顔を浮かべているお母さんの視線が今はものすごく恥ずかしい。

「えと……えっと……お母、さん？」

「なあに？」

「その……さっきのって、その……そういう、こと?」

「そういうことってどういうことかしら?」

「それは……その…………ユーマって、わたしのこと、好き……なのかな?」

「ええそうね」

「りょ、両想い……?」

「そうなんじゃないかしら」

第三者の口からそう言われて、ますます恥ずかしくなってしまった。頰に手を当てる。顔から火が出るってこういうことかと思うくらい熱い。

「ど、どうしよ……お母さん。恥ずかしくて、ユーマと顔、あわせられない……」

そんなかわいらしい質問にお母さんは目を細める。

「そうねえ。じゃあ……恥ずかしいのは飲み込んで、もう一歩踏み込んでみなさい」

「え」

「両想いってわかってるんだし、自分のしたいように甘えてみるの。そしたらそのうち、恥ずかしいのなんて全然気にならなくなるから」

「け、けどそんな……」

「まあ恥ずかしい気持ちもわかるから無理強いはしないけどね。けど、ユーマ君は絶対喜んでくれるわよ?」

「……そう、なのかな？」

「もちろん。ゆいだってユーマ君が甘えて来てくれたりしたら嬉しいでしょ？」

「…………うん」

「ふふ、こういうのは甘える方も甘えられる方も嬉しいものよ？　……さて、お母さんはそろそろ戻るけど、ゆいはどうする？」

「もうちょっと、落ち着いてから……」

「了解。応援してるからね」

お母さんが出て行った後、ゆいはふらふらとベッドに近づき、ボフンと倒れ込んだ。

枕に顔を埋めてギューッと抱きしめる。まだ顔が熱くて、ドキドキして、恥ずかしくて、嬉しくて幸せで、もうどうにかなってしまいそうだった。

（……枕、いい匂いがする……？）

スンスンと匂いを嗅ぐ。間もなく、これはさっきまでこのベッドで寝ていた優真の匂いだと気づいた。

（この匂い、好き……）

――そういえば、ネットか何かで『遺伝子的に相性がいい異性の匂いはいい匂いだと感じる』というのを見た覚えがある。

――優真も『ゆいはいい匂いがする』って口を滑らせていた。

「………えへへへへ♡」

そんなことですら嬉しくて、両想いになれたんだと思うともっと嬉しくて、顔がどんどん緩んでいくのを感じる。

枕に顔を埋めてその匂いを堪能する。こうしていると安心して、ドキドキして幸せで、まるで優真に抱きしめられているみたいで……。

（………わたし何やってるの⁉）

そこからまたしばらく、ゆいはベッドで悶絶《もんぜつ》するのだった。

†

優真が夕食の準備を手伝っていると、おっかなびっくりな様子でゆいがリビングにやって来た。

「お、来たか。ずいぶん長風呂《ぶろ》だったな……って大丈夫か顔まっ赤だぞ。また熱上がったんじゃないか？」

優真がそう言ってゆいのおでこに手を当ててるとゆいは「ひゃっ⁉」と声を上げて逃げてしまった。

「……ゆい？」

「だ、だい、じょうぶ。ちょっと、のぼせただけだから……」

そう言いつつゆいは優真と目を合わせられないでいる。

「………ユーマ」

「ん？」

「………なんでもない」

何か言いたげに口をもごもごさせるゆいに優真は首を傾《かし》げる。一緒に寝ているのを親に見られたのが流石に恥ずかしかったのだろうか？

確かに身内にああいう姿を見られるというのはまた格別だ。自分もネネにあんな姿を見られたら今のゆいみたいになるかもしれない。

そんなことを考えて苦笑いする……と、ゆいがちょんと優真の服をつまんだ。

「ゆい？」

「………」

ゆいが上目遣《うわめづか》いで見上げてきた。その表情は何故か、いつもよりすごく色っぽく感じてしまって、思わず視線をそらしてしまう。

「な、なんだよ」

「………なんでもない」

ゆいもそう言って手を離してしまった。そんな様子を何故かお母さんが苦笑いしながら見ていた。

それ以上は何も言わず、四人で夕食を食べた。

食べている間もゆいはずっとそわそわしていて正直気が気じゃなかった。

だが結局何も起こらず、そのまま夕食を終える。そして優真が帰ろうとすると、ゆいが玄関まで見送りに来てくれた。

「見送りとかいいぞ？　ここで風邪ぶり返したりしたら洒落《しゃれ》にならないし」

「だ、だいじょうぶ。ホントにもう、治っちゃったから……」

実際、もう元気そうだ。顔色もいいし明日には学校に来られるだろう。

「……なんかあったのか？」

「え？　ど、どうして？」

「いや、さっきからなんかずっとそわそわしてるから」

「……ん。あった。けど、すごく嬉しいこと、だったから……」

「そ、そうか。何か知らないけど良かったな」

優真はそこで話を打ち切った。ゆいがすごく恥ずかしそうな……それでいて幸せそうな顔をして、その表情を見ていると何故か急に気恥ずかしくなってしまって見ていられなかった。

玄関の扉を開けて外に出る。もう日も完全に沈んでしまっていて、夜風が気持ちいい。

ゆいもサンダルを履いて、優真の後に続いて外に出てきた。

「今日、ありがとね？」

「元々俺がうつしたやつなんだし気にするなよ。明日は学校行けそうか？」

「ん。だいじょうぶだと思う」

「じゃあ明日の朝、また迎えに来るな」

「うん。待ってるね」

「それじゃあ、お大事に」

そう言って家に帰ろうとしてきびすを返す――と、袖《そで》を引っ張られた。

「ゆい？」

振り返るとゆいが優真の袖をつまんでいた。ただゆいの方も『ついやってしまった』という感じで、微妙にオロオロしている。

「どうかしたのか？」

「あ……その……えっと……」

ゆいは口をモゴモゴさせて、上目づかいに優真を見る。

「…………もう一回、頭……撫でてほしい……です」

「…………」

優真も何か言いたげに口をモゴモゴさせたが、黙ってゆいの要望を受け入れた。

指先でそっとゆいの髪に触れ、手全体を使ってふわふわとゆいの頭を撫でる。

ゆいは気持ち良さそうに目を閉じて、優真のなすがままになっている。

「もっと……」

そのおねだりに胸が高鳴るのを感じた。そんな甘えた声を出されたら、男子としてはちょっとたまらないものがある。

少し手を下にやってゆいの頬を撫でると、ゆいは少し目を開けてくすぐったそうに笑った。

嫌がる素振りは見せず、もう一度目を閉じて手に頬ずりしてくる。……このまま思いきり抱きしめたい衝動を我慢するのが大変だった。

しばらくそうして、名残は尽きなかったが手を離した。

「満足したか？」

「ん……ありがと」

ゆいはほわほわと幸せそうな表情でそう答える。……自分が触れただけでこんなにも幸せそうにしてくれている。そう考えてしまうともう限界だった。

「じゃ、じゃあ今度こそ、また明日な」

「ん、ばいばい」

手を振り合って別れる。優真は早足で自分の家まで帰っていった。

家に帰ると優真は早々に自分の部屋に引っ込んだ。

（あいつちょっと……ゆるゆるすぎるだろ……）

ゆいは本当に無防備で、もう何を言っても受け入れてくれそうでちょっと心配になる。

だがゆいがそれだけゆるゆるになっているのはきっと、相手が自分だからだ。

自分が触れても嫌がる気配はまったくなくて、それどころか嬉しそうで。別れ際にはあんなふうに甘えて来て……。


——流石にここまで来ると、いろいろと期待してしまう。

たぶん、もっと早い段階で告白してもゆいは受け入れてくれただろう。

だがそれはきっと今までの恩返しとか、気まずくなったりしたくないからだ。ゆいはそういう性格で、優真もそれを理解しているから『ゆいが自分を好きになってくれるまでは告白しない』と決めていた。

けれど今なら……ゆいも、心から受け入れてくれるんじゃないだろうか。自分の気持ちに、同じ気持ちで応《こた》えてくれるんじゃないだろうか。

転げ回りたいような衝動を抑えて、胸に手を当てて深呼吸。

今ならちゃんと、自分が望んだ形でゆいと付き合えるかもしれない。……恋人同士に、なれるかもしれない。

だが、あらためて告白するとなるとそれはそれでけっこうハードルが高い。

『好きだ』とたった一言伝えるだけのこと。なのにそれにはかなりの勇気が必要で、なまじ今の関係が心地いいだけに『このままでもいいのでは？』なんてへたれたことも考えてしまう。

（ゆいのお父さんにあんなこと言ったのに、かっこつかないな……）

優真はそんなことを考えて苦笑いした。

†

一方のゆいも、顔をまっ赤にしながら枕に顔を埋めていた。

今日のことを思い出すと恥ずかしくてたまらない……けど、最高に幸せだった。

もっと触ってほしいと思ったし、もっと甘えたいと思ってしまった。

思い出すとドキドキして、しかもベッドに優真の温《ぬく》もりや匂いがまだほのかに残っている気がして、なかなか眠れそうにない。

だから代わりに、あの言葉を思い出す。

（ユーマ君。君はゆいのことを、大切にしてくれるかい？）

（――はい。大切にします）

「～～～～～～～～っっっ」

枕に顔を埋めてまたジタバタ。一応ほっぺたをつねってみるがバッチリ痛い。それが嬉しくてたまらない。

（どうしよう……元々ユーマのこと、これ以上ないって思うくらい大好きだったのに、両想いだって思ったら……）

優真への『好き』がどんどん溢《あふ》れてくる。

以前はただ漠然と優真のことが大好きだからずっと一緒にいたい。恋人になりたい。そう思っていた。

けれど、両想いなんだと思うと、もうそれだけじゃ足りなくて。

もっと甘えたい。触りたいし触ってほしい。ぎゅーってしてほしいしデートもしたい。もっと一緒にいてイチャイチャしたい。……キスだって、してみたい。

もっと優真が欲しい。もっともっと。そんな気持ちが後から後から溢れて来て止められない。

ゆいはスマホを手に取った。

『好きです。付き合ってください』

そう打ち込んで、少し迷った後に消去ボタンを押す。同じことを何度か繰り返す。

いっそ送信してしまいたい気持ちもあるけれど、そこまでの勇気はないしチャットで告白というのもどうかと思う。

けれどこうやって文字に起こすだけでもドキドキして、『これを送ったらもう優真と恋人になれるんだ』と思うとまた悶《もだ》えそうになる。

……何度かやって、少し冷静になって苦笑い。

告白の言葉の代わりに『おやすみなさい』と打ち込んで送信。少しすると『おやすみ』と優真から返信が来る。

もうそんなことですら嬉しくて、ゆいはたまらず布団の中に潜り込んだ。

三話　甘々とテスト勉強

翌日の朝、優真《ゆうま》はいつも通りゆいを家まで迎えに行った。

ゆいは今日は家の前で待っていて、優真を見つけると嬉《うれ》しさと照れくささが入り交じったような笑顔を浮かべて小さく手を振ってくる。

「お、おはよー」

「おはよう。身体はもう大丈夫なんだな？」

「ん、もう平気だよ」

少しぎこちなく挨拶《あいさつ》を交わす。けれど何故《なぜ》だかゆいの表情はいつもよりも幸せそうで、蜜を含んだように笑顔が甘く感じられた。

「じゃ、じゃあ、行くか」

「うん、行こ」

二人並んで歩き出す。

ゆいの体調を気遣ってゆっくりめに歩くが、ゆいの足取りは軽いしもう本当に平気そうだ。

「……手、繋《つな》ぐか？」

そう声をかけると、ゆいはまるでその言葉を待っていたかのようにコクコク頷《うなず》く。

「ん……繋ご？」

伸ばされた小さな手を取り、優しく指を絡《から》ませる。まるで求め合うように軽く指を動かして、お互いの感触と体温を感じ合う。

これまでも何度も手は繋いでいたが、それは一応、仲のいい友達としてのものだった。

けれど今日は、何か違う感じがした。

うまく言葉にできないのがもどかしいけれど、元々近かった距離がさらに半歩縮まったような、そんな感覚。

ゆいはまるで優真を感じようとしているかのように手をにぎにぎしてくる。

チラチラとこちらに送られる視線は柔らかくて、時折小動物が甘えるようにこちらに身体をくっつけてくる。

胸がドキドキ高鳴っている。今日のゆいはなんだかいつもよりふわふわしてるというか、甘ったるいというか。

仕草の一つ一つから自分のことが大好きなんだと伝わってきて、それが照れくさくて、幸せで、叶《かな》うならゆいを抱き寄せていつまでも抱きしめていたかった。

そのまま歩いて、駅の近くまで来た。

「そろそろ駅だし、離しとくか」

そう提案して手を緩める。入学式の時はゆいを不安がらせないために繋いだままだったが、入学してある程度落ち着いてからは流石《さすが》に駅や学校で手を繋ぐのは控えていた。

だが、ゆいは今日は手を離そうとしない。

「……ゆい？」

「……このままじゃ、ダメ？」

「いや、それは……クラスメイトに見られたら、俺達《おれ》そういう関係だと思われるかもしれないぞ？」

我ながらヘタレだと感じるが、ついそんな探りを入れるようなことを言ってしまう。

「わ、わたしは、いいよ？」

そしてゆいは期待した通りの答えを返してくれた。

「えと、ユーマは、いや？」

「俺も、嫌じゃない……」

むしろ嬉しい――喉元《のどもと》まで出かかった言葉は飲み込む。流石に恥ずかしすぎて口に出せない。

ゆいは嬉しそうにはにかんで、更《さら》にぎゅっと強く握ってくる。

「じゃあこのままで、ね？」

「……おう」

そうして手を繋いだまま駅に到着し、電車に乗った。

いつものように混雑していて、これまたいつものようにゆいが壁際に行って、優真が壁ドンして周りの乗客から護《まも》る壁になる。

ただいつもと違ってゆいは優真にぴったりと寄り添っていて、時々甘えたように身体を押しつけて来る。

「ゆ、ゆい？　なんか今日ちょっと近くないか？」

「ん……だめ……かな……？」

「……別に駄目ではないけど」

「……ふふ♪」

ゆいは甘い笑顔を浮かべ、すり、と優真の胸に額をすり寄せてくる。密着したゆいから甘い匂《にお》いと温《ぬく》もりを感じる。どんどん心臓の鼓動が激しくなる。

（……何だこのかわいい生き物）

胸がキューッとなるのを感じる。

電車の中で良かったと思う。そうじゃなかったらきっと、我慢できずにゆいを抱きしめていただろう。

やがて学校の最寄り駅に着くとそのまま改札を出て、手を繋いだまま学校へ向かって歩く。

学校に着くまでの間に、何人ものクラスメイトに見られた。

ゆいの白い髪はただでさえ目立つのだ。それがこうして男子と一緒に手を繋いでいれば、当然二人はそういう関係だと思われるだろう。

けれど、優真が手を緩めて暗に『離そうか』と伝えても『離したくない』と言うようにゆいの方から手を握ってくる。

明らかに恥ずかしがっている。なのにそれ以上に、自分とくっついていたいと思ってくれている。

取り返しのつかないレベルで外堀が埋まっていく。けどゆいは、それでもいいと思ってくれている。

愛《いと》しさと羞恥心とその他いろいろな感情が湧《わ》き上がってきて、地に足がつかないような、ふわふわした感覚だった。


ただ、学校に着いてホームルームが終わると現実に引き戻された。

「ゆいぢゃ〜ん、杉崎《すぎさき》ぐ〜ん、べんきょうおじえで〜」

そう言って飛鳥《あすか》が泣きついてきたのだ。……もうすぐ中間テスト。高校生になって初めての定期試験だ。

正直ちょっと浮わついた気持ちになってしまっていたが学生の本分は勉強だ。

ゆいのことで頭がいっぱいで赤点……なんてことになったら目も当てられない。優真は気持ちを引き締める。

「っていうか飛鳥、名護《なご》はどうした？　あいつの方が勉強できるしお前ら付き合ってるんだからそっちに頼めばいいだろ」

「やって名護くんスパルタで容赦ないもん……」

その言葉に優真は内心首を傾《かし》げた。

名護は無愛想ではあるが、ちゃんと努力しようとする人には基本的に甘い。

実際中学の時は自分より遥かに勉強ができない上に友達未満だった飛鳥にも丁寧に教えてやっていた。その名護が無茶《むちゃ》な詰め込み教育をするとは思えない。

「何かあいつを怒らせるようなことでもしたのか？」

「いや、あのな？　この間遊んだ時うちもグランドゲート始めたやん？」

「うん」

「それでな？　めっちゃハマってもうてな？　それで、その……いやうちも高校入ったことやしちゃんと勉強しよう思ってたねんで？　やけどつい『ちょっとだけ』ってやったら止まらんくなって……」

「……ゆい。中間テストは大丈夫そうか？　俺に教えられる範囲なら頼ってくれていいからな？」

「お願い見捨てんといて⁉　うちこのままやったら赤点やで⁉　嫌やでみんなが二年生になって

修学旅行とか行ってるのにうちだけ一年生のままとか！」

「はあ……わかったよ。それでどの教科を教えてほしいんだ？」

「えーと……全部！」

「ゆい、苦手教科とかは……」

「わーん杉崎くん見捨てんといて～――ひゃんっ⁉」

コツン、と飛鳥の頭にチョップが入った。

チョップをした名護は呆《あき》れたような顔で飛鳥を見下ろしている。

「今回はお前の自業自得だ。勉強は見てやるから受け入れろ」

「う～……やって～……」

「自分の学力を考えろ。あれくらいやらないと本当に赤点になりかねないし、最悪留年するはめになるぞ」

「それは嫌やけどうちどうもノート開いてると睡魔が……」

「受験勉強の時は頑張っていただろう」

「あれは愛の力というか、名護くんと離れたくない一心で……いい点取れたら名護くんがキスしてくれるとかやったら頑張れそうな気もするねんけどなー？」

「却下だ」

「即答ひどない⁉　女の子のファーストキスやで⁉　うちも冗談半分やったけどもうちょっと考

えてくれてもええやん⁉」

「飛鳥」

名護の静かな声で、飛鳥も騒ぐのをやめた。

「自分を安売りするな。そういうことは、もっとちゃんとしよう」

その言葉に飛鳥はたちまちまっ赤になって、「あ……、はい。ごめんなさい」としおらしくなってしまった。

「じゃ、じゃあ、勉強がんばったらご褒美にデートって感じで……」

「二人で遊びに行くのはほぼ毎週やっているだろう」

「いや、その……手繋ぎデートとか、したいなーなんて……」

「全教科赤点回避できたらな」

「……うん、頑張る……」

そうしていると一限目の授業の予鈴《よれい》が鳴った。名護と飛鳥も自分の席に戻っていく。

「……名護ってやっぱりすごいよな」

「ん。見てるこっちがドキドキした」

名護はあまり感情を表に出さないタイプだが、それでも言動の節々で飛鳥のことを想《おも》っているのがわかる。

「というかあの二人、あんだけ仲いいのにまだあんな感じなんだな」

「そうみたいだね」

中三の時から付き合ってるし、なんだかんだでキスぐらいはしてるのかと思っていた。

だが、先程の会話からして手繋ぎデートもしたことがないらしい。飛鳥も大変だなと苦笑いする。

——そういえば。

自分とゆいは、まだ付き合ってもいないのにしょっちゅう手を繋いでいる。

それどころかハグしたり一緒に寝たり、昨日はゆいのお父さんに『娘さんを大切にします』なんてことまで言ってしまった。普通は恋人になってからやるようなことをかなりやってしまっている。

これ以上となると、それこそキスとか……と、ついそんなことを考えてしまったその時だ。

「ね、ユーマ……」

「うん?」

「その……名護くんはああ言ってたけど、その……初めてのキスって、男の子にとっても、やっぱり大切なものなのかな……?」

心臓が跳ねた。もしかしてゆいも優真と似たようなことを考えていたんだろうか。

胸がドキドキしてうるさいくらいだが、なんとか平静を装って返す。

「ま、まあ、大切なんじゃないか?」

「じゃ、じゃあさ、ユーマは、その、えっと…………キ、キス、したこと、ある?」

「……っ」

その質問に、ゆいが家にお泊まりした時に唇を奪いかけたことを思い出して言葉を詰まらせてしまった。

それを別なふうに取ったのか、ゆいはショックを受けたような表情を浮かべる。

「……あるの？」

「い、いや、無い……」

「そ、そっか。えへへ……♪」

（なんでそれで嬉しそうにするんだよ……！）

ふにゃふにゃと笑顔を浮かべるゆいに悶《もだ》えそうになった。

「そ、そういうお前はどうなんだよ」

恥ずかしいのでこっちから切り返した。どうせゆいもしたことないだろう。……と思っていたのに、何かゆいの反応が変だった。

「……〰〰〰っ」

頬《ほお》を染めて、答えに迷うように口をもごもごさせてる。

「え、あるの？」

「な、ない。ないよ？　えと、あの……」

モゴモゴと口を動かした後、ゆいはスマホを取り出して文字を打ち込んだ。

送信ボタンを押すとスマホで口元を隠しながら優真の様子をうかがう。程なくして優真のスマホにメッセージが来た。

『間接キスはノーカウントでいいんですよね？』

――そういえば、以前ファミレスでパフェを食べた時などに間接キスをしてしまった。

あの時のことを思い出して頬が熱くなるのを感じながら、優真もメッセージを返す。

『まあ間接キスはノーカンでいいんじゃないか？』

『じゃあほっぺたは？』

――つい先日、狸寝入《たぬきねい》りしていた時にゆいにおまじないだと言ってほっぺたにされた。

あの時の唇の感触を思い出して悶えそうになったが、何とかポーカーフェイスを保って返信する。

『ノーカウントで』

『……夢の中は？』

（夢の中って何⁉）

――そういえば優真は以前、夢に出てきたゆいにキスを……もっと言うならキス以上のことをいろいろとしてしまったことがある。あの時は目を覚ました後罪悪感でベッドの中で悶絶《もんぜつ》した。

ただ、こんなことを聞いてくるということは、もしかしたらゆいも夢の中で……そんなことを考えてしまって死にそうになった。

『ノーカウント』

『そっか。うん、じゃあわたしもしたことないかな』

『そうか』

『えへへ、初めて同士なんだね』

（初めて同士ってなんだよ⁉　っていうかなんだこの会話⁉）

悶絶しそうなほど恥ずかしい。

ゆいもやってから恥ずかしくなってしまったようで両手で顔をおおっている。

――ゆいと恋人になれたのなら、まあ、そういうことも……と、つい考えてしまってまた死にそうになった。

†

朝からそんなこんなあったものの時間は流れ、放課後の図書室。

優真。ゆい。名護。飛鳥の四人はテーブルを囲んでいた。朝もテスト勉強のことで話していたが、結局この四人で勉強会を開くことになったのだ。

監督役である名護はコホンと咳払《せきばら》いし、他の三人を見回す。

「ひとまずそれぞれの苦手教科を埋めていこうと考えている。それぞれ苦手な教科は？」

「俺は英語が不安」

「えと、わたしは歴史系かな……特に日本史」

「うちは全部」

「お前は本当にどうやってこの高校に合格したんだ?」

「いや～、うん。自分でもわからへん。愛の奇跡ちゃうかな」

名護はなんとも言えない表情でため息をついた。

「杉崎。上城《かみしろ》さん。すまないが僕は飛鳥の勉強を集中的に見るので二人は互いに教え合って欲《ほ》しい」

「ああ。頑張れ」

結局いつも通りの組み合わせだなと思いながら、優真はゆいと肩を寄せ合う。

「ユーマは英語のどういうところが苦手なの?」

「単語とかはいけるんだけど文法がちょっとな。特に長文になるとこんがらがる」

「あー、日本語と違うからややこしいよね」

「そういうお前は?」

「わたしは年号とか覚えるのが苦手かな。教科書見てたらだんだん眠くなってきて……」

「歴史って覚えるの多いからな。じゃあひとまず十分ほど教科書見て、その後で先生からもらった小テストやってみるか。それでわからなかったところを教え合うって感じで」

「ん、わかった」

そうして小テストをやる。

優真はやはり長文の文法で躓《つまず》いたが、ゆいは満点だった。

「いやお前普通にできるじゃん」

「それは……ユーマといっしょに勉強してるから……」

「俺まだ何もしてないぞ？」

優真がそう言うと、ゆいは頬を染めた。

「ずっとドキドキしてるから眠くならないし……ユーマといっしょに勉強したことなら、きっと忘れないから」

その言葉にまた心臓が暴《あば》れ出《だ》す。

（……こいつ、もしかして俺の気持ちに気づいてるのか？）

どうも今朝《けさ》からゆいが積極的というか、甘ったるいというか。普段からゆいの親愛は言動から伝わってくるが、今日は少し違う感じというか。

──もしもゆいが、優真の気持ちに気づいた上でこんなに積極的になっているなら、それは……。

ゴクリと生唾を飲み込む。勇気を振り絞って言葉を絞り出す。

「なあ、ゆい」

「ん？」

「……テストが無事に終わったら、二人でデートしないか？」

優真がそう言うと、ゆいの肩がビクッと跳ねた。顔をまっ赤にしてオロオロしている。……そういえば優真の方からこうしてはっきり『デート』と言って誘うのは初めてだ。

それにちょっと、思い詰めた感じで言ってしまった。ゆいも何かを感じ取ってしまったのかもしれない。

「……嫌か？」

「う、ううん。行く、行きたい。ど、どこ行くの？」

「それはまだ決めてないけど、行きたい所とかあるか？」

「……ネットカフェ？」

「お前ネットカフェ大好きだな」

「ん。あそこなら、ユーマと二人きりになれるし……」

そんなカウンターのような言葉に頬が熱を持つのを感じた。

言ってから自分の今の発言が恥ずかしくなったのか、ゆいもワタワタしだした。

「そ、それにネットカフェってユーマと遊ぶ時の定番って感じで、テスト勉強でしばらくグランドゲート、あんまりやってないしどうかなって」

「そ、そうだな。うん、行くか、ネットカフェ」

「ん。えと、春休みの時みたいにお昼過ぎから？」

「……お前さえ良ければ、午前中から遊ばないか？」

「え？　うん、わたしはいいけど……」

「その方が一緒にいられる時間、増えるだろ」

「…………～～～～っ」

さっきのお返しのようにそう言うと、ゆいは耳までまっ赤になって悶えるようにモジモジする。ただ言った優真の方も同じくらい顔が赤い。もういろいろと限界だった。

「じゃ、じゃあ、勉強再開するぞ。遊ぶ話しててテストで赤点取ったりしたら格好つかないからな。とりあえず文法、教えてくれないか？」

「う、うん。えっと、この問題は……」

そう言って肩を寄せ合っていると、ゆいがテーブルの下でちょんちょんと、優真の制服を引っ張ってきた。

優真もその意図を察して手をテーブルの下にやる。お互いの手を触り合って、お互いの気持ちを確かめ合いながらテーブルの下で手を重ねた。やわやわと握り合いながら勉強する。

「あ、そこはね、こういうふうに訳すといいかも」

「ああ。なるほど。そうするとこうなるのか」

「ん、合ってる。……えと、ユーマ？　これってなんだっけ？」

「あー、それは単品で覚えるんじゃなくてこっちと関連付けて……」

そうやってゆいがわからないところを優真が教え、優真が間違えたところをゆいが教える。

なるほど、確かにこれは忘れない。……勉強した内容はいつか忘れたとしても、こんな幸せな時間があったことはきっといつまでも忘れないだろう。

——と、飛鳥が微妙に不機嫌そうにこちらを見ていることに気づいた。

「あー、ごめんなー。人が頭抱えてる目の前でイチャイチャしてるところ見せつけられたらついなー」

「べ、別に俺達はイチャイチャなんて……」

「テーブルの下で手ぇ繋いでんのバレバレやで？」

そう言われて、ついパッと手を離してしまった。

「飛鳥。他人のことより自分のことに集中しろ」

「う～……やってわけわからんもん……数学とかきらいや～」

泣き言を言う飛鳥に名護はため息をつくと、おもむろにノートを押さえていた飛鳥の手に自分の手を重ねた。

「え、ちょ、え？　な、名護くん⁉」

戸惑っている飛鳥を尻目《しりめ》に、名護は飛鳥の手に指を絡めていき、恋人繋ぎにしてしまった。

「これで嫌な気持ちが少しはマシになるか？」

「は、はい……」

「勉強している間こうしておいてやるから、頑張れ」

「が、がんばりまふ……」


「……やっぱり名護ってすごいよな」

「すごいね……」

そうしていると、ゆいがチラリと優真の方を見た。

テーブルの下でまたちょんちょんと優真の制服を引っ張ってくる。

それに応《こた》えて優真はゆいの手を捕まえる。

またやわやわと握り合って、恋人繋ぎにする。

そのまま最後まで四人で勉強していた。

◆幕間◆　踏み出せないあと一歩

勉強会をするようになって数日が経《た》った頃。

その日は体育の授業があって、ゆいは女子更衣室に移動していた。

更衣室に入るとゆいはすぐに部屋の隅っこのロッカーを確保した。そのままロッカーの方を向いたままでこそこそと体操服に着替え始める。

小・中学校にほとんど行っていなかったゆいにとって、大勢の前で着替えるというのは高校に入るまでほとんど経験のないことだった。

そのためか同性でも下着姿などを見たり見られたりするのが未《いま》だに恥ずかしく感じてしまう。

一応、以前にネネに着替えさせられたことがあったことはあったが、あれはその場の勢いに流されたのとネネがそういうことのプロだったのが大きい。

だから体育のある日はなるべく肌を見せないように、なるべく他の人を見ないように、いつも隅っこでこそこそと着替えていた。

ただ、中にはそういうのをまったく気にしない人もいて……。

「ゆーい～ちゃん♪」

「ひゃっ⁉」

ちょうどゆいがブラウスを脱いだところで、後ろから飛鳥《あすか》が抱きついてきた。

見ると飛鳥は下着姿だ。密着する柔肌の感触に顔が熱くなるのを感じる。

「め、めめめ、めぐちゃん⁉　えと、あの、ふ……服着て⁉」

「えー、いいやん女の子同士やねんし。あとこの間ネネさんから借りた漫画で勉強したんやけど、こういうの百合《ゆり》っていうんやろ？　ゆいちゃんもうちと百合百合しよ～♪」

「めぐちゃん意味わかってる⁉」

「え？　こうやって女の子同士で仲良くすることやろ？」

「そ、そうだけど……そうなんだけどぉ……」

「それよりゆいちゃん、最近杉崎《すぎさき》くんとめっちゃ良い感じや～ん♪　なんかもう幸せオーラ全開で見ててキュンキュンするもん。なになに？　うちに内緒でもう付き合ってるん？」

「ち、ちがっ、そういうのはまだ……」

「ふ～ん〝まだ〟やねんや～？」

ニヤニヤしている飛鳥に、ゆいは顔をまっ赤にしていた。――と、そんな時だ。

「え？　上城《かみしろ》さんって杉崎くんとまだ付き合ってなかったの？」

近くにいたクラスメイトがそう声をかけてきた。

「え？　あ、う……はい……」

「ええ〜。絶対もう付き合ってると思ってた〜」

「いつもすっごい仲良さそうだもんね〜」

「特に最近はもう……ねえ？」

「絶対キスぐらいはしてると思ってた……」

さらに近くにいた恋バナ好きな他のクラスメイトも集まってくる。他の女子も集まってこないまでも、こっちの様子をうかがっていたり聞き耳を立てているのを感じる。

（な、なんでみんなわたし達のことにこんな興味津々なの⁉）

——ゆいは気づいていなかったが、実はゆいは女子の間でも人気が高かった。

元々の小動物的なかわいさに加え、優真《ゆうま》に甘えてふわふわと寄り添っている姿はもう尊いやら愛らしいやらで、密《ひそ》かにマスコット的存在として女子の間で定着していたのだ。

それが最近、目に見えて優真とのイチャイチャ具合が上がった。もうみんな話を聞いてみたくて仕方なかったのである。

「ま、もう付き合うまで秒読みって感じだよね」

「私も彼氏ほしー」

「けど私は正直、杉崎くんの方がうらやましいなー。私が男子だったら上城さんみたいな彼女できたら最高だもん」

「え」

予想外の言葉にゆいが目をぱちくりさせている間にも、他の女子から賛同が上がる。

「わかる。何なら私が上城さんと付き合いたいし」

「ニコニコしながら甘えてるのとかめちゃくちゃかわいいもんね」

「うんうん。見てるこっちが悶《もだ》えそうだもん」

「この間とか調理実習で一緒にご飯作ったけど、上城さんめちゃくちゃ手際よかったよ」

「あー、お昼のお弁当も毎日上城さんが作ってるよね。杉崎くんのやつ」

「もはや嫁じゃん。なになに？　付き合うの通り越してもう婚約してるの？」

そして突然の褒め殺しにゆいは目を白黒させている。

すごく恥ずかしい。けど……正直、優真と恋人扱いされるのは悪い気はしない。むしろ嬉《うれ》しい。

つい口角が上がってしまうのを感じる。

「でも、なかなか告白する勇気……出せなくて……」

ゆいが呟《つぶや》くように言うと、たちまち周りの女子達は色めきたつ。

「おー、完全に好きなの認めたねー」

「耳までまっ赤になってるー♪　も〜、あざといな〜」

「けどさ。別に無理して告白しなくてもそのうち向こうから告白してくれるっしょ。どう見ても両想《おも》いだし」

「あー、それにこういうのは男子から言ってほしいしねー」

「うんうん。上城さんいいなー。好きな男子に告白してもらうとか憧《あこが》れる」

「いつ頃告白してくれるかな」

「あの様子ならテスト終わってすぐもあり得るんじゃない？」

他の女子達が今度は『杉崎くんがいつ頃告白するか』という話題で盛り上がり始めて、ゆいはもう恥ずかしすぎて壁の方を向いてしまった。

ゆいは優真が自分のことを好きだと気づいているし、あの様子だと優真もゆいの気持ちに感付いてると思う。後はこのまま好意を示しつつ待っていれば、いずれ向こうから告白してくれるだろう。

それはきっと、多くの女の子にとって憧れのシチュエーションだ。

大好きな男の子が、大好きで大好きでたまらない優真が、自分のことを想って告白してくれる。

そのシーンを想像するだけでドキドキする。胸がキューッとなる。ただ……。

――心の片隅で、何かもやもやするものがあった。

†

その日は名護《なご》が用事があるとのことなので放課後の勉強会は無しになった。

今日も帰る時は二人一緒。電車を降りて、駅から家までの道を手を繋《つな》いで帰る。毎日密かに楽しみにしている幸せな時間。

けれど駅から家まではそんなに遠いわけじゃない。すぐに家の前に着いてしまう。

「じゃあまた明日な」

そう言って優真は手をほどく。

けれど、もっと一緒にいたくて——。

「ユ、ユーマ。今日、わたしの家で勉強しない？」

思い切ってそう誘ってみた。

「え？」

「えと、どうかな？　うちで勉強すれば静かだし……二人きりになれるし……」

「……っ」

ゆいが顔を紅潮させながら言うと、優真の顔も赤く染まる。優真は少しの間なにかに葛藤するように口をモゴモゴさせて、小さく頷《うなず》いた。

「そ、それじゃあ、おじゃましようかな」

「ん、じゃあ、行こ？」

「おう……」

ゆいと優真は互いに顔を赤くしながら、二人で家に入った。

「……ってちょっと待てお前のお母さんとお父さんは？」

家に入って人の気配が無いのに気づくやいなや、優真はそんなことを言った。

「え？　今日は二人とも仕事で遅くなるって……」

「……だからお前、ホントそういうとこだぞ……」

優真は額に手を当てて視線を泳がせる。……この間ネネが教えてくれたのだが、優真は照れたり恥ずかしがったりすると目が泳ぐ癖《くせ》があるらしい。

自分のことを意識してくれているんだと思うと、また胸がキュンとした。

何はともあれ優真を部屋まで案内して「飲み物準備してくるね」と言って一階に下りる。

ジュースとお菓子を用意している間もゆいの胸はドキドキしっぱなしだった。

（なんか、すごく、大胆なことしちゃってるよね……）

以前にも優真を部屋に入れたことはあるし、そのままお泊まりまでしてもらったがあの時とは何もかも違う。

……こうやって両想いの男の子を部屋に招き入れて二人きり。

それがどういうことなのか、今はちゃんと理解している。

いや、もちろん優真がそんなことをする人じゃないと信頼はしているけど、万に一つぐらいはそういう可能性があって、その可能性を理解した上で優真を家に上げているわけで……。

ゆいは熱くなった顔を両手でパタパタ扇《あお》ぐ。

……優真と両想いなんだとわかってから、どんどんブレーキが利かなくなってきている。

もっともっと優真と甘い時間を過ごしたい。もう好きなのを気づかれてもいいし、むしろ気づかれたい。

甘えたら受け止めてくれて、かわいがってくれて。そんな優真が愛《いと》しくて、かわいくて、嬉しくて、たまらない。

（……それに……優真にならちょっとくらい……）

…………。

（…………～～～～～～っ！　～～～～～～～～っっっ！）

つい一瞬変なことを考えてしまって、もうその場で転げ回りたい気分だった。

だが、あまり時間をかけて優真に怪しまれてもいけないので手早くジュースとお菓子をお盆に載せて自分の部屋に戻る。

部屋に戻ると優真はもう勉強の準備をバッチリ整えていた。

本音を言えば、勉強そっちのけでイチャイチャしていたいけど『家で勉強しよう』と誘ったのは自分だ。そこは諦《あきら》めて、向かい合わせに座ってそれぞれ問題集を解いていく。

（……な、なんか緊張してきた）

静かな部屋にカリカリとペンを走らせる音が響く。

……家で、二人きり。告白するシチュエーションとしてはなかなかなんじゃないだろうか？

両想いなんだしあとはもう告白するだけ。

今この場で『好きです。わたしをユーマの恋人にしてください』そう言えば優真と恋人になれる。あと一歩踏み込むだけで願いが叶《かな》う。……と、頭ではわかっているのだけど。

「〜〜〜〜〜っ」

優真に告白するのを想像しただけでゆいはまっ赤になってしまった。

優真に甘えるのと告白するのとでは、勇気の種類が別ジャンルというかもう一段階上というか。

試しにイメージの中で優真に告白してみるが……やっぱり無理だ。恥ずかしすぎて声が出ない。

それならチャットで……とも一瞬考えたけど、やっぱりこういうのは自分の言葉でちゃんと伝えなきゃダメだと思う。

だから頑張って、声を出そうとするのだけど声が出ない。喉元《のどもと》までは出てくるのに、そこから先にいけない。

「ゆい」

「ひゃいっ⁉」

「？　いや、さっきからペン止まってるけどどこかわからないところあるのか？」

「え⁉　あ、うん、えっと、ここなんだけど……」

「どれどれ……」

そう言って優真は腰を浮かしてゆいの隣に座る。軽く肩が触れ合う。

さっきまであんなことを考えていたせいで、それすら恥ずかしくてたまらない。

でも恥ずかしいけれど、優真と触れるとその何倍も幸せな気持ちになって、もっとくっつきたいなんて思ってしまう。

チラリと見ると、優真の頬《ほお》もほんのり赤い。

『ユーマも同じ気持ちになってくれてるのかな？』そんなことを考えるとますます胸が苦しくなる。幸せな苦しさ。こうしているともっともっと欲しくなってくる。

叶うなら勉強なんてここまでにして、優真とぎゅーっと抱き合っていたい。全身で優真を感じていたい。けれどそんなこと、恋人でもないのにお願いできるわけがなくて……。

そうしているうちにあっという間に時間が過ぎていく。気づけば窓の外はもう暗くなっていた。

「もうこんな時間か」

先にペンを置いたのは優真だった。

「じゃあそろそろ帰るな」

「ん……」

残念な気持ちを抱えながら、ゆいもペンを置いてノートを閉じる。

本当はこのまま帰ってほしくない。まだ一緒にいたい。

けれどそれを言葉や行動にはできないまま、その日は優真を見送った。


優真が帰った後、ゆいはポフンとベッドに寝転がって枕《まくら》に顔を埋める。

(むり……やっぱり、むりぃ……)

以前の自分はなんであんなに気軽に『好き』と言えたんだろうと思う。

大好きで大好きでたまらないし、告白すればきっと喜んで受け入れてくれる。それがわかっているのに、どうしても最後の一歩が踏み出せない。

(……やっぱり、ユーマが告白してくれるまで待った方がいいのかな……?)

ついそんな弱気なことを考えてしまう。

テストが終わった後、二人でデートしようと誘われている。もしかしたらそこで告白してくれるのかもしれない。

ならもう、それを待てばいいんじゃないだろうか？

自分が無理に頑張るよりも、ユーマが告白してくれるのを待った方が楽ちんだ。クラスメイトのみんなも『好きな男の子に告白してもらうなんて憧れる』と言っていたし、もうそれでいいんじゃないだろうか。

カレンダーを確認しながらそんなことを考えてしまう。……だがそうすると、またあのモヤモヤを感じた。

(……?)

そのモヤモヤの正体はわからないまま、日々は過ぎていった。

それからさらに時間が経《た》って、無事に中間試験が終わった。

最終日の今日は半日授業。電車はいつもより空《す》いていて、優真《ゆうま》とゆいは席に座って教科書を見ながら今日のテストの答え合わせをしていた。

「俺《おれ》の方はまあ、それなりかな。そっちはどんな感じだ？」

「ん。けっこうできてると思う。数学は計算ミスなければ満点狙《ねら》えるかも」

「……お前って頭良かったんだな」

「むぅ……ユーマ、わたしのことバカだと思ってたの？」

「あ、いや、そうじゃなくて。中学までほとんど学校行ってないって言ってたから勉強大丈夫なのか心配してたんだよ」

実際、一緒に勉強してわかったことだがゆいはかなり勉強ができる方だった。たぶん優真よりちょっと上。最初は勉強を教えてあげる気満々だったのが微妙に恥ずかしい。

「ん、学校行ってない間も勉強はちゃんとやってた。お父さんとお母さんにこれ以上迷惑かけたくなかったし」

四話◆デートと告白　前編

そういえば、ゆいが家事が得意なのも少しでも両親の役に立とうとしたからだったと聞いていた。そういうところが健気《けなげ》というか、胸がキュッとする。

「けど一番得意なのが数学ってのは意外だな。なんか女子って数学苦手な人が多い気がするし」

「めぐちゃんもよく頭抱えてたしね。わたしはほら、昔からゲームで数字見るの慣れてたから。グランドゲートでもＤＰＳとかＨＰＳの把握って重要だし。バフデバフの計算とかその場ですることとかあるし」

「あー、確かにゲームやってると数字には強くなるわな」

「ん。……ねえねえユーマ、よかったらテストの点数、勝負しない？」

「いいぞ。けど珍しいなお前からそういうこと言ってくるの」

「えへへ。漫画とかで見てそういうの、憧《あこが》れてたから」

その言葉にハッとした。今までゆいは友達とテストの点数を競うとか、そんな当たり前のこともできなかったのだ。

そう思うと、上手《うま》く言葉にできないがまた胸の辺りが締め付けられるような感じがした。そっとゆいの頭に手を伸ばして、髪がくしゃくしゃにならないようにふわふわと撫《な》でる。

ゆいも嬉《うれ》しそうにそれを受け入れてくれる。それを見ているとまた胸がキュッとして、今までの分も幸せにしてあげたいだなんて思ってしまう。

「……ところで、前に話してたデートの約束。今週の日曜日はいけそうか？」

優真がそう言うと、ゆいはピクッと震えた。ほんのりと頬《ほお》を染め、こっくり頷《うなず》く。

「ん……。だいじょうぶ、だよ?」

「じゃあ今週の日曜日。たしか午前中から一緒に遊ぶって言ってたよな?」

「ん……」

「午前中って言ったけど何時くらいからにする? 希望とかあるか?」

「…………朝の八時くらい?」

「流石《さすが》にそれは早すぎないか?」

「……その方が、長くいっしょにいられるよ……?」

「っ」

「……だめ?」

「い、いや。大丈夫。それじゃあ八時からで……」

——もはや二人とも、相手への好意を隠していない。

相手への好意を示せば、向こうからも同じように好意を返してくれる。それがたまらないほど幸せで、嬉しくて、照れくさかった。

……優真は心の中で、あらためて覚悟を決めた。

(週末のデートで、ゆいに告白する)

本当ならもっと早くに告白することもできた。けれどなかなか勇気が出せず『今はテスト前だから……』などと理由を付けてズルズルと先延ばしにしてしまっていた。

だが、そのテストも終わった。いい加減覚悟を決める時だろう。

そっと、脇《わき》に置かれていたゆいの手に自分の手を重ねる。

するとゆいは照れくさそうにしながらも待っていたように手を握り返してくれた。

そのままお互いににぎにぎと、感触と体温を感じ合う。こうして優真と触れ合っているのが幸せだと、言葉にしなくても伝わってくる。

……両想《おも》い、なのだと思う。

告白したらゆいは恥ずかしがるだろうか？　喜んでくれるだろうか？　……恋人同士になったら、自分達の関係はどう変わるんだろうか？

想像するとつい顔がにやけそうになる。口元がヒクヒクするのを気取られないようにするのが大変だった。

……ただその前に一つ、優真には解決しなければならない問題があった。

†

「あー、姉貴？　何か俺にできるバイトない？」

その日の夕食時。優真はネネにそう切り出した。

「あら、金欠？」

「まあ、うん。だからエアコンフィルターの掃除とか姉貴の店の手伝いとか、やれることがあったら全部俺の方に回してほしい」

優真のお小遣《こづか》いはネネからお駄賃という形で支払われている。ネネの部屋の掃除などの雑用をして、その働きに応じてお小遣いをもらえるというシステムだ。

――要するにお小遣いがギリギリなのだ。

ゆいとのデートは朝からネットカフェに行き、昼は外食ということになっているのだが高校生のお小遣い事情的にけっこうキツい。

……途中でお金がなくなってゆいに出してもらうという最悪の事態だけは避けたい。そんなことになったら告白どころじゃない。

「何か買いたいものでもあるの？」

「あー……いや、その……テスト終わったし、日曜日にゆいと一緒に遊びに行こうって約束してて……」

「ふーん？　デート費用なんだ～？」

「……まあ、うん」

恥ずかしそうに視線をそらした優真にネネは一瞬、何かに気づいたように目をぱちくりさせる。

そしてにんまりと口元を緩めた。

「けどそういうことなら洗濯なんかはさせられないわねー。ゆいちゃん、ゆーくんが私の下着とか触るの嫌がるかもしれないしそれで稼いだお金でデートってのもね」

「……そういうもんなのか?」

「人によると思うけど、ゆいちゃんあれでけっこう独占欲強そうだしね。というよりそういうことならお小遣い前借りさせてあげるわよ?」

「前借りとかは基本したくないんだけど……」

「なんならもう、無条件でお小遣いあげるわよ? 二人のことは応援してるしそれで二人が楽しくデートしてくれるなら私も嬉しいし。課金させて課金」

「姉貴。それは無し。いくら身内でもお金に関することはしっかりしたい」

「ゆーくんってそういうとこ真面目《まじめ》よねぇ」

とはいえ優真の言っているのは正しいことだ。ネネもそれ以上は言わず、他に何か無いかと考える。

そして妙案が浮かんだのか、パチンと手を叩《たた》いた。

「じゃあ、二人でモデルのアルバイトしない?」

「……モデル?」

「そ。初めてゆーくんとゆいちゃんが私のお店に来たとき、二人でいろいろコスプレしてくれたでしょ？　あの時はもう二人ともかわいくて、やる気とインスピレーションが湧いたというかあの後新しい服作りがすごくはかどったのよね。だからまたやって欲しいなーって。それに二人でやればきっと楽しい思い出になると思うわよ？」

「それは……姉貴はいいのか？　ゆいはともかく俺がモデルで」

「もちろん。ゆーくんってさ、たぶん自分で思ってるより素材はいいわよ？　そもそもゆいちゃん一人にやってもらうのも可哀想《かわいそう》だし」

「お金払うからって調子に乗って変な服とか着せるなよ？」

「それはゆいちゃんにエッチなのを着せてほしいっていうフリかしら？」

「怒るぞ」

「あはは、ごめんごめん。大丈夫よ、その辺はちゃんと常識の範囲内に納めるから」

「……まあ、そういうことならゆいと相談してみる」

お金のやり取りはしっかりしたいが、モデルのアルバイトという形ならまあ、有りだろう。

その後ゆいとも相談して、ネネと簡単に打ち合わせをして、せっかくなのでそのモデルのバイトも日曜日のデートプランに加えられることになった。

†

そしてデート当日。優真は早めに起きてシャワーを浴びていた。

「ふー……」

深呼吸して気持ちを落ち着ける。すでに緊張して心臓がバクバク鳴っている。……こんな調子で最後まで保つんだろうかと我ながら心配になってきた。

――今日、ゆいに告白する。

両想いなのはもう確信してもいいと思うし、告白すればきっと喜んで受け入れてくれる。それはわかっているのだが、やっぱりこんなことは初めてなのでどうにも緊張してしまう。

……とはいえ、告白ばかりに気を取られてもいられない。まずはゆいを楽しませること。そこでしくじってしまえば元も子もない。

何度も頭の中でシミュレーションを繰り返しつつシャワーを切り上げた。

ネネは準備があるとかで先に出てしまったので今は家に優真一人だ。リビングのソファーに座って家を出る時間まで待とうかと思ったが、やっぱり落ち着かない。

（……ちょっと早いけど、出とくか）

まだゆいを迎えに行く時間には早いが、このままジッと待っているのも何なのでもう家を出ておくことにした。ぶらぶらしていれば時間も潰《つぶ》せるだろう。

そうしてマンションを出て、ゆっくりした足取りで散歩する。

今日は幸い晴れで天気予報も問題ない。雨の中でデートということにならなくて良かったなと思いつつ、ふと少し前のことを思い出した。

まだゆいのコミュ障やコンプレックスがひどかった頃、自分の家まで一人で来ようとして失敗してしまったことがあった。

その時に初めてちょっと喧嘩《けんか》してしまって、けれどすぐに頑張って謝りに来てくれて、あらためてコミュ障の克服に協力してほしいと頼まれて。

思えばあれが一つのターニングポイントだった。あれがきっかけでゆいとの仲も深まって……と思い出に浸っていると、道の向こうに人影が見えた。

「……ゆい？」

ゆいの白い髪は遠目でもよく目立つ。ゆいもこちらに気づいたようで、手を振ってとてとてとこちらに駆け寄ってきた。

「ユーマ、おはよー」

「おはよう。どうしたんだ？　まだ待ち合わせの時間には早いだろ？」

「ん、なんか待ちきれなくて、来ちゃった。ユーマは？」

「まあ……俺もそんな感じ」

「そっか」

同じ理由なのが嬉しかったのか、ゆいは照れたように笑う。そんなゆいを見て優真も柔らかく目を細めた。

「……なんというか、成長したなぁ」

「え？」

「いや、こっちの話。……ちょっと早いけど、もう行くか？」

「ん、じゃあ、ゆっくり行こ？」

そうして二人で歩き出す。ぬるめのお湯に浸《つ》かっているような、暖かくてふわふわした時間が心地いい。

「最初はネネさんのお店でモデルのアルバイトなんだよね？」

「ああ、そうなってるな」

「……いいのかな？　一応アルバイトってなってるけど、前にコスプレした時も楽しかったし、それでお金もらえるのってなんか悪い気が……」

「向こうが払うって言ってるんだから気にするなよ。それよりもやばい格好とかイヤなこととかされそうになったらちゃんと言えよ？　姉貴、バイト代出すからって前回より無茶《むちゃ》なこと言う可能性あるからな」

「ネネさんはそんな変なことしないと思うけど……」

「真面目モードなら大丈夫だろうけど姉貴は暴走する危険がある」

「あ～」

ゆいはクスクス笑っている。

……口ではそう言っているが、優真も内心ではけっこう楽しみにしていた。

ネネは暴走した時はちょっとアレだが、メイクや衣装のことに関してはプロだ。今日は朝から張り切っていたし、きっとゆいをとびきりかわいく仕上げてくれるだろう。

――と、そうやって歩いているとゆいがチラチラと優真の手に視線を送っていることに気づいた。

「……手、繋《つな》ぐか？」

「……ん♪」

言葉にしなくても伝わったのが嬉しかったのか、ゆいは幸せそうに笑う。優真からゆいの手を取って恋人繋ぎにする。

こうやって手を繋ぐのはもう慣れたものだけど、甘やかな幸せに満たされていく感覚は最初から変わらない。

……これからも、ゆいには自分の隣にいてほしい。できれば、大人になってもずっと。

あらためて『今日告白する』と心に誓いつつ、二人はネネのお店までの道を歩いて行った。

そんなふうにのんびり移動して、ネネのお店の前まで来た。

まだ開店前なので扉には準備中の札がかけてある。……身内とはいえ開店前の店というのはなんとなく入りにくい。そっと扉を押して中を覗《のぞ》き込む。

「姉貴ー？　来たぞー？」

「おじゃましまーす」

そう声をかけながらおっかなびっくり扉の隙間《すきま》から身体を中に滑り込ませる。

「あ、来たみたいね。はーい」

ネネの声がした。ただ想定と違ったのは……ネネ以外複数人の気配がしたことだ。

「あの子がゆいちゃんです？　わー、ホントに髪まっ白なんですねー」

「店長の弟さんって実在したんだ……。血の繋がってないＤＫ（男子高校生）と二人暮らしとか妄想の類いかと思ってた……」

「しかもけっこうかわいいじゃん。店長うらやましいなー」

姿を現したネネに続いて、三人の大人の女性が現れた。ゆるふわな感じのお姉さんに片方の目が髪で隠れたお姉さん、それに中性的な格好のお姉さん。どうやらお店のスタッフのようだ。

「……姉貴、他の人がいるのは聞いてないぞ」

優真はゆいを護《まも》るように前に立ち、ムッとした様子でネネを睨《にら》む。

「そこはごめん。事前に言っとくべきだったわね。けど大丈夫、この子達は信頼できるから」

そう言われてもまだ優真は不満そうにしている。するとちょんちょんと、ゆいが優真の服を引っ張った。

「ユーマ、わたしはだいじょうぶだよ？」

「……我慢はするなよ？　嫌な時はちゃんと言えよ？」

「ん。心配してくれてありがとね」

——そんな二人の様子に、ネネが連れてきた三人は「かわいい」「尊い……」「推せる」と目をキラキラさせていた。……確かにある意味信頼できる人達かもしれない。

「時間が無いしさっそく始めましょうか。さ、ゆいちゃんこっち来て」

「え？　……あの、試着室で着替えるんじゃないんですか？」

「今回は試着室じゃ手狭だからね」

「何せ四人がかりでいろいろ着せ替えますから～、ちょっとお店のロッカールームに行きましょうね～？」

「だいじょうぶ……優しくする……」

「その言い方なんかいやらしく聞こえるからやめな」

そうしてゆいは店の奥に連れて行かれる。微妙に心配になりつつ、優真も後からついていく。

「それじゃあゆーくんはここで待っててね。ゆいちゃんの方のめどがついてからゆーくんに取りかかるから」

店のバックヤード。ロッカールームの前でネネにそう言われたが正直不安は消えない。……というか大人の女性四人が小柄な少女であるゆいをロッカールームに連れ込む絵図はもう不安しか感じない。

「……姉貴、大丈夫なんだよな？　本当に大丈夫なんだよな？」

「大丈夫大丈夫。あの子達も相手がいる子に変なことはしないから」

――それは相手がいないなら変なことをする可能性があるということなんじゃないか？

ますます不安そうな顔をする優真にネネはクスクス笑った。

「とにかく心配しないで。私たちが総力をあげて最っ高にかわいく仕上げてあげるから」

そうしてゆいはロッカールームに連れ込まれてしまった。

「…………」

優真は扉の前でそわそわしながら待つ。男子としては、こうやって女子が着替えているのを待つというのはなんとも落ち着かない気分になってしまう。

――と、その時だ。

「し、下着も替えるんですかっ⁉」

――店内が静かなのもあって、ロッカールームの中からゆいの声が聞こえてきてしまった。

「もちろんですよー？　おしゃれは見えないところにも気を使うのが基本ですからー」

「け、けど、恥ずかしい……」

「大丈夫……。私達も普段からコスプレとかやってて見慣れてる……」

「う～……」

「お？　けど元からけっこうかわいいの着けてるじゃん。もしかして勝負下着？」

「ち、ちが、あの、だって、コスプレするって聞いてたから……」

「わー、じゃあ彼氏くんの前で下着が見えるような格好するかもってわざわざかわいいの選んで来たんですか？　うふふ、かわいいですねー」

「か、彼氏じゃ、ない、です」

「……否定するの……その部分なんだ？」

「～～～～っ！」

「うふふ、真《ま》っ赤《か》になっちゃって、かわいいです～♪」

「内気で恥ずかしがり屋なのに頑張って好きな男の子を誘惑する女の子……推せる……」

「あたしもそういう子好きだよ。なんならあたし流の男の誘い方教えてあげようか？」


――なんか、自分が聞いちゃダメな会話を聞いてしまった気がする。

なんともいたたまれない気分になりつつ優真はゆいの着替えが終わるのを待つのだった。


そうしてしばらく経つと、ガチャリと扉が開いた。

「お待たせゆーくん。まずは第一弾ができたから見てあげてね」

「お、おう……」

「はい、じゃあゆいちゃんこっち来てー？　大丈夫、恥ずかしがらなくていいよかわいいよー？」

「あ、あの……ネ、ネネさんこれ……その……ど……」

「ど……何かしら～？」

「～～～っ。な、何でもない、です……」

ゆいがなかなか出てこないが、声色からしてすごく恥ずかしがっているのが伝わってくる。

そんなにヤバいコスプレなのかと優真は身構えるが……姿を現したゆいはある意味予想外の格好をしていた。

腰部がコルセット状になっているハイウエストの暗色のスカートに、胸元《むなもと》にリボンをあしらったブラウスという清楚《せいそ》な出《い》で立ちだ。

ただ、露出の非常に少ない清楚な格好なのに、何故《なぜ》かすごく心が惹《ひ》かれる。心臓が高鳴っている。

（……ってなんか既視感あるなと思ったけどこの格好まんま童貞を殺す服じゃねえか⁉）

時々ネットで見かける、童貞に対して特攻が入るという『童貞を殺す服』。

ゆいもネット歴が長いので自分の格好がどういうものか知っているのだろう。顔をまっ赤にして恥ずかしがっている。

初っぱなからこんなものをチョイスしたネネ達に恨めしさを感じるが実際に効果は抜群で、優真はついゆいから視線をそらしてしまう。

ネネ達はまっ赤になって恥ずかしがっている二人をニマニマしながら見守っていた。

「どうしたのゆーくん〜？　こういう時は女の子にちゃんと感想を伝えてあげるのがマナーだよ〜？」

「ぐ……。まあ、その……うん。かわいい……と、思う」

実際、かわいいのは否定しようがない。優真にそう言われてはにかんでいるところも含めて最高にかわいらしい。

「よーしいい感じの反応ね。じゃあゆいちゃん、次行ってみましょっか」

（え、まだあるの？）

つい思ってしまったがなんとか口には出さずに堪えた。初手で瀕死《ひんし》状態なのにこの上追撃を重ねられたらはたしてどうなってしまうのか。

その後、ゆいのファッションショーが始まる。

白いワンピースだったりロリータだったりガーリーだったり。普段はあまりしないボーイッシュな格好やミニスカートにパンツスタイル、小物を合わせたコーディネートやちょっとパンクな感じの服装まで試した。

「ユーマ、こういうの、どう？　似合うかな？」

慣れてくると、ゆいの方からそうやって感想を聞いてくるようになった。

慣れない格好に恥ずかしがってはいるが、それ以上に優真が「かわいい」と言ってくれるのが嬉しいようで、期待したような目で上目遣《うわめづか》いに優真を見つめる。

「うん……かわいいと思う」

「ふふ、ユーマ、さっきから全部かわいいって言ってるよ？」

「……まあ、実際かわいいし……」

優真の言葉にゆいはへにゃりと表情を緩める。ネネが小声で「この子やっぱり才能あるわね……」とか呟《つぶや》いていたが気にしないことにした。

「えへへ……ユーマがこういうの好きなら、次のデートはこういうのにしようかな……」

そんなゆいの言葉にふと気づいた。さっきからゆいはいろいろな格好をしているが、ここまでコスプレっぽいものが一つもない。そのまま街に出ても普通におしゃれな格好だ。

それこそまるで、この後のデート用の服を選んでいるような——と、そんなことを考えているとネネがパチンと手を叩いた。

「オッケー。これで試したい服は一通り試したわね。じゃあ私はゆーくんの方に取りかかるから、三人はゆいちゃんのメイクとかお願いね」

「「「はーい」」」

「さて、それじゃあ……っと、ゆーくんちょっと髪伸びてきたわね。先に美容院の方に行って少しカットしましょうか」

そうして、優真とネネは隣の美容院に移動した。

「まだそこまで経ってないのに、前回二人の髪切ってからずいぶん経ってる気がするわね」

ネネはそう言いながら軽快にハサミを動かし、椅子《いす》に座った優真の髪をカットしていく。

「前回来たのが二カ月ちょっと前だったたか。というか俺にかかりきりになってていいのか姉貴？

姉貴のことだからもっとゆいを着せ替えて遊びたいのかと思ってたんだけど」

「いいのいいの。今回は前とはちょっと趣向が違うしね」

「趣向が違う？」

「まあまあ、気にしない気にしない。……ゆいちゃん、ずいぶん変わったわよね。人見知りしちゃうのはあるけど、初対面の人ともちゃんと話せてるし」

「ああ、学校でもなんとか上手《うま》いことやれてる」

「ふふふ、ゆーくんも頑張ったもんね。お姉ちゃん鼻が高いぞこのー♪」

「わっ⁉　こら抱きつくなやめろ姉貴⁉」

優真は背中に感じた柔らかい感触に悲鳴を上げる。

だが一方のネネは少し神妙な顔になって、優真の耳元でそっとささやく。

「ゆいちゃんのこと……流石にもう気づいてる？」

「な、なんだよ急に」

「質問に質問で返さない。で、どうなの？」

「…………たぶん」

――いくら鈍感でも流石に気づく。ゆいが自分のことを大好きであることも。その『好き』がたぶん友情や親愛以上のものであることも。

「んふふ～、オッケー♪　これで両想いだし、後は告白するだけね」

「だけって、それが一番ハードル高いんだけど」

「ええ。だからここはお姉ちゃんとしてかわいい弟の背中を押してあげようかなって」

「それってどういう……」

「気にしない気にしない。さて、カットはこんなもんでいいとして、シャンプーした後は髪に軽くワックス付けましょうか。その後はばっちりメイクしましょうね」

「メ、メイク？　そこまでやるのか？」

「もちろん。女の子がメイク一つでかわいくなれるんだもん。男の子だってメイク一つでかっこよくなれるんだから」

「正直ちょっと、抵抗があるんだけど……」

「つべこべ言わない！　あまり文句言ってると女の子メイクして誰《だれ》が見ても女の子にしか見えないかわいい男の娘にしちゃうわよ⁉　……いや有りなのでは？　ゆーくんってけっこうかわいい顔立ちだしかわいい服着せて……男の娘×女の子……いけるのでは？」

「普通のメイクにしてくださいお願いします」

ネネが不穏なことを呟きだしたので速攻で折れた。この姉は……暴走したら本当にやりかねない。

その後、きっちりメイクされ「これに着替えて」と服も渡された。

「……これ？」

「何かご不満かしら？」

「いや、なんか、思ったより普通だなって」

渡されたのは清潔感のある白いブラウスにパリッとアイロンをかけられた黒いズボンだ。

正直、もっとコスプレ感のある服を渡されると思っていたのだが普通だ。これで外を出歩いても問題ない……というか普通に清潔感があってかっこいい。

何はともあれ渡された服に着替えて姿見の前に立つ――と。

……自分に対してこんな感想を抱くのは何《なん》となく恥ずかしくていたたまれないが、非常に似合っていると感じてしまった。

普段あんな感じのネネだがこういう時だけはプロとしての偉大さを感じるというか、髪型もメイクも服装も見事にはまっている。

「よし、いい仕事したわ」

ネネも優真の仕上がりに満足げだ。――と、ちょうどネネのスマホが鳴った。

ネネはチラリと画面を見ると口元を緩ませる。

「ゆいちゃんも終わったみたい。じゃ、行きましょっか」

「お、おう?」

最初予想していたのと違う展開に戸惑いながらも、優真はネネについていった。

ブティックの方に戻るとゆいも着替えとメイクをバッチリ済ませて待っていた。

ゆいの服装は白いブラウスに胸元で結んだ落ち着いた色合いの青いリボン。ハイウエストの暗色のスカート。

最初に見せられた『童貞を殺す服』に近いコーディネートなのだが、フリルなどを抑えてより清楚感を前面に押し出している。

やっぱり童貞男子はこういう格好に弱いのか、悔しいけどついつい見惚《みほ》れてしまう。

ただ、ゆいも優真と同じようにしばらく目をぱちくりさせていた。

普段とは違う優真の格好に目を丸くして、その頬がみるみるうちに赤く染まっていく。そして優真と目が合うとすぐにパッと目をそらしてしまった。

「……あー、えっと。お疲れ」

「あ、う、うん。おつかれさま……です」

「そっちはそういう感じの格好なんだな」

「ん。えと、ど……どう、かな?」

「かわいい。似合ってる」

「えへへ……ありがと。えと、ね？　ユーマも、かっこいいよ？」

「ああ、うん。ありがとう。……なんかこういうの、照れくさいな」

「そ、そだね」

ぎこちなく言葉を交わす。……なんかネネと二人のお店のスタッフは『グッジョブ』とばかりにお互いに親指を立てていた。

優真は恥ずかしさをごまかすように頭をガシガシかいてネネの方を見た。

「姉貴、次は何するんだ？　前みたいに撮影？」

「ううん。これでアルバイトはおしまい。バイト代あげるから二人でデート、行っといで」

「え？　ちょ、姉貴？」

「あ、服は返さなくていいからね？　むしろそれ着てって」

「……なんのつもりだよ」

こんなことをされたら流石にネネの思惑に気づく。

モデルというのは建前《たてまえ》で、ネネはたぶん二人のデート服を見繕ってくれたのだろう。

確かにゆいはかわいくなったし、自分も悪くない感じになったとは思うが流石にこれは気が引ける。

「お金もらうんならちゃんとやりたいんだけど？」

「真面目ねぇ。でも大丈夫。私達的にはもう大満足だから」

「ええ、店長の言うとおりですよー」

「私達がおしゃれさせた二人がいちゃラブ……それを想像するだけでご飯三杯いける……」

「ま、そんなわけだから気にせず行っといで」

「けど……」

まだ渋っている優真にネネはほんのりと口元を緩め、優真の耳元に唇を寄せてひそひそと声をかける。

「今日、ゆいちゃんに告白するつもりでしょ？」

「……なんっ⁉」

「だからこれはお姉ちゃんからかわいい弟への応援ってことで、大人しく受け取っときなさい」

「う、ぐ……」

そんなことを言われたらもう、黙るしかなくなる。

そうして二人はバイト代を受け取って店を出るのだった。

◆五話◆ デートと告白 中編

――いそいそ、そわそわ。

ネネの店を後にした二人は少しぎこちない足取りでバス停までの道を歩いていた。

二人で歩くのなんていつものことなのに、こうやってがっつりおしゃれした状態だとなんだか浮き足立ってしまう。

それに、ゆいがチラチラと視線を送ってくる。

盗み見るようにチラチラとこちらを見て、優真《ゆうま》と目が合いそうになると慌てて前を向く。そんなことをさっきから何度も繰り返している。

「あー……ゆい?」

「は、はいっ」

「……なんで敬語なんだ?」

「だ、だって、なんだか緊張して……ユーマのこと、見られなくて……」

「俺《おれ》のこと見られない? なんで?」

「……ユーマ、よくわたしに『自覚持て』とか言ってたけど、ユーマも自覚持って……」

「自覚？」

「今のユーマ……すごく、すっごく、かっこいい……よ？」

その言葉に頰《ほお》が熱くなる。……『ゆいもすごく綺麗《きれい》だ』と返したいところだったが、流石《さすが》にさらりとそんなことを口にするには経験値が足りていなかった。

気恥ずかしくてつい視線を外してしまう。

いつものゆいはかわいらしいという感じだけど、きっちりお化粧した今のゆいは少し大人っぽくて、かわいいと同時に綺麗だと感じる。文句なしの美少女だ。

こんなとびきりの美少女とデートしている。勘違いでなければたぶんゆいも自分のことが好きで、両想《おも》い。

そう思うとなんだかもうたまらないものがあった。まだデートは始まったばかりなのにすでに心臓が破裂しそうだ。

ただ、喫茶店の隣を通り過ぎる時、窓ガラスに二人の姿が映った。

ネネのお店でばっちりおしゃれした今の二人は、すごく絵になっていた。

自分でこんな感想を抱くのもナルシストみたいで気恥ずかしいけれど、今の自分ならゆいの隣に立っていても見劣りしない。そう思えた。以前ネネが言っていた『おしゃれは武装』という言葉の意味が理解できた気がする。

あらためて深呼吸。正直ものすごく気恥ずかしいけれど、勇気を出して一歩踏み込む。

「手、繋《つな》ごうか」

ビクッとゆいの肩が跳ねた。

「え、あ、う……」

「嫌か？」

「い、いえ、繋ぎ、たい、です……」

その言葉を確認して、優真はゆいの手を取る。指を絡《から》めて恋人繋ぎにする。

顔が火照るのを感じる。心臓がバクバク高鳴っている。けれどいつもより強めにゆいの手を握る。

自分の気持ちを伝えるように。離れたくないと言うように。

するとゆいも、いつもより強めにギュッと握り返してくれる。

チラリと見るとゆいはぷしゅーっと湯気でも出そうなくらい顔がまっ赤で下を向いてしまっていた。

けれど繋いだ手は離さなくて……ゆいからも『離れたくない』という気持ちが伝わってくる。

そのままバスに乗って席に座る。座れたことで一息つけて、肺にたまった空気を吐き出した。……まったく同時にゆいがホーッと息をついていて二人で苦笑いしてしまった。

程なくしてバスが動き出す――と。

「……ユーマって、ホントに。かっこいいよね」

ポロリと、こぼすようにゆいがそんなことを呟《つぶや》いた。

「俺《おれ》がかっこいいって言うより姉貴のメイクの腕がいいだけだとは思うけどな」

「ううん。見た目じゃなくて、その……ユーマは、最初からかっこいい、よ？　……初めて会った日のこと、覚えてる？」

「そりゃあもちろん」

「あの時、ね？　ユーマ、すごく優しくて、わたしのこと大事にしてくれて。ユーマがユーマでよかったなって……」

「別にあれくらい普通だろ。友達なんだし」

「ふふ。ユーマのそういうところ……好き」

――その『好き』にはいろいろな意味がこもっている気がした。

悶《もだ》えそうな程恥ずかしい。ゆいも恥ずかしがっている。……なのに、ゆいはこちらに軽く体重を預けてきた。

愛《いと》おしそうに頰《ほお》をすり、と優真《ゆうま》の肩にこすりつける。さっきからずっと心臓が高鳴りっぱなしで軽くクラクラしてきた。

……いくら何でも、ここまでされたら好意を遠回しに伝えてくれているんだとわかる。

腕にかかるゆいの重さと体温が心地良い。優真もゆいの方に軽く頭を傾《かし》げる。

ゆいの髪からいい匂《にお》いがする。心がふわふわする。

繋《つな》いだ手をにぎにぎと軽く動かし、お互いの体温と感触を確かめ合う。端から見れば間違いなく恋人同士だと思われるだろう。それどころかもうバカップルに片足つっこんでるかもしれない。

けれどそんな気恥ずかしさ以上に、ゆいの温《ぬく》もりを感じていたかった。

その後、予定通りネットカフェまで来た。店の前に立って看板を見上げると、毎日一緒に遊んでいた春休みを思い出す。

「ここに来るのも久しぶりだな」

「ん。そだね」

店に入りさっそく受付へ行く——と。

「いらっしゃいませー。あ、お久しぶりです」

「え？　……ああ、お久しぶりです」

店員にしては親しげに声をかけてきたのは、春休みの間に何度も受付をしてくれていたお姉さんだ。

優真の方は思い出すのに少しかかってしまったが、ゆいがいるし向こうは印象に残っていたのだろう。

「最近来てくれないなーって思ってたんですよ」

「学校始まりましたし、しょっちゅう来るのはお金的にも厳しいんで」

「そうですか残念です。お二人が来てくれるの、実は日々の癒やしだったので」

「癒やし？」

「はい。彼女さん、来るたびに表情が柔らかくなって、仲良くなっていってるのがわかって、なんだかかわいいなーって」

――そういえば、考えてみればこの受付のお姉さんには最初の頃から二人が仲良くなる過程を見られているのだ。

……そう思うとなんだか照れくさい。手早くチェックインを済ませ、部屋に向かった。

二人の入った部屋はいつものフラットルーム。靴を脱いでマットに上がるタイプの部屋だ。

部屋につくと、ゆいは頬を染めたまま何か言いたげに口をモゴモゴさせていた。

「どうかしたのか？」

「……さっきの受付の人、わたしのこと、彼女さんって……」

「え？　……あ」

つい否定し忘れていた。

「わ、悪い」

「う、ううん。だいじょうぶ……だけど、その……ごめん何でもない」

ゆいはまた口をモゴモゴさせ、ごまかすように靴を脱ぎにかかる。

優真も靴を脱いで、二人で並んでパソコンの前に座る。

……まだちょっと緊張している。

二人用の部屋だがやはりけっこう狭い。ついつい相手のことを意識してしまう。

(今さらだけどこいつもちょっとは警戒しろよ……)

以前は親友であり兄妹分のような認識だったからまだわかる。

だが今は完全にお互いが異性だと意識してしまっている。お互い相手に意識されているとわかっている。

それに今は何というか、お互い気持ちが高まってしまっているというか……。

(こんな密室なんだし、俺に迫られたらどうする気だよ……)

もしも優真がオオカミになってしまったら、ゆいを簡単に仕留められてしまう。そんなことは絶対にしないけど少しくらい警戒してほしい。

グランドゲートを起動しつつ、チラリとゆいの方を見る。ゆいは体育座りで、恥ずかしさにたえるように膝《ひざ》に顔を埋めていた。……女子がスカートで体育座りするのは男子的にいろいろと心臓に悪いのでやめてほしい。

「あー……ゴホン。そ、それで今日はどうする？」

「んと……特に急いで回るイベントもないし、どこかで狩りでもしよっか？」

「そうだな。じゃあ雷平原行かないか？　今あそこで大量発生してるサンダーバードの素材、今俺が作ってる雷神装備に大量に使うんだよ」

「ん、いいよ。雷耐性のアクセサリー持ってる？　持って行かないとあそこは事故怖いよ？」

「大丈夫、その辺は抜かりない」

「じゃあわたしが走り回ってサンダーバード集めてくるから、ユーマは範囲攻撃おねがい」

「了解」

——こういう会話をできるのもいいよなと思った。

ゲームをやっている女子なんて今時珍しくもないが、ここまでがっつりとゲームの話ができる女子というのは希少だろう。

最近はすっかりゆいのことを『好きな女子』として意識してしまっているが、こういう『ゲーマーな女友達』という関係もとても心地いい。

一緒にいればいるほど、ゆいを好きな気持ちが積み重なっていく。

正直、心の片隅には今も『告白を先延ばしにしたい』なんていうヘタレた気持ちもあるけれど、それ以上にゆいと恋人になりたいという気持ちが増していく。

ただ、ここまでのこともあってか、つい余計なことも考えてしまった。

いつかゆいと結婚して、子どもができて、家族みんなでゲームとかできたら幸せだろうな。なんて……。

（だからそういうのやめろ！　我ながらキモいぞそういう妄想！）

心の中で自分を叱りつける。好きな女子のことを意識してしまうのは仕方ないにしても、まだ付き合ってもないのに結婚とか子どものことまで考えるのはいくら何でも引かれるだろう。

ゲームの方はというと、作戦通りにシュヴァルツが周りのヘイトを取ってサンダーバードを集めている。十数匹のサンダーバードに追いかけられているシュヴァルツはなかなかシュールだ。

そこにユーマが最大まで威力を高めた爆裂魔法をたたき込む。

画面に表示される大量のダメージ表記。サンダーバードが消滅して大量の経験値とドロップアイテムが表示される。

そうやってしばらく、二人で狩りに勤《いそ》しんだ。シュヴァルツがサンダーバードを集めてきてユーマが吹っ飛ばすという作業を続ける。

いわゆる作業プレイの部類なのだが、二人で一緒にやると単調な作業ですら楽しい。

途中で雷が変な当たり方をしてシュヴァルツが瀕死《ひんし》になって、危うく全滅しそうになったのを笑いながら突破して。そんなキラキラした時間が過ぎていく。

そうしてしばらくゲームをやっていると、ゆいがふと呟いた。

「なんかさ、こうやって雷の音聞いてると初めてお泊まりした時のこと思い出すね」

「あー、そうだな」

ゆいの家に泊まった時は夜中に雷が鳴り出して、怯《おび》えるゆいを抱きしめて寝たのだった。

……あの時はいろいろと……本当にいろいろと大変だった。

「そういえばお前って雷苦手だったよな？　雷平原って雷落ちまくってるけど平気なのか？」

「流石にゲームの雷は平気。んと、雷自体が恐いっていうよりも音が恐いのかな？　こう、ピカッってなって、少ししてからドカーンって来るのが苦手っていうか」

そうやって擬音を使って説明するゆいがなんだか微笑《ほほえ》ましい。

「ふふ、わたしが怖がってるとき、ユーマが一晩中抱きしめてくれたよね」

「……なんかごめん」

「どうして謝るの？」

「いや、流石に女子に対してあれはまずかったかなと」

「わたしは嬉《うれ》しかったよ？」

「いや、お前な。もう何度も言ってるけど男子に対して無防備すぎるぞ。正直見てて心配になる。もうちょっと警戒しろ」

「ユーマ以外にあんなことしないし」

「いやそうじゃなくて。その……俺も男子だし、我慢の限界ってものがあって……」

優真がそう言うと、ゆいは途端に頬を染めた。恥ずかしそうに身体を小さくしてモゴモゴと口を動かした後、カタカタとチャットに文字を打ち込む。

『ユーマ、我慢してたんだ……』

「あ、いや、ちが……っ⁉」

思いっきり失言だった。優真も口をモゴモゴさせて、ゆいと同じようにチャットを打ち込む。

『本当にごめんなさい』

『大丈夫だよー。男の子だもんね。しょうがないにゃぁ』

『とにかく！　男っていうのはそういう生き物だからお前も気をつけてくれ！　お前だってそういう目で見られたらいやだろ⁉』

『いやじゃないよ？』

――一瞬、自分の願望が幻でも見せたんじゃないかと思った。

だがゆいはまっ赤になりながらもさらに続ける
『ユーマだったら、そういうふうに見られるの、恥ずかしいけどいやじゃないよ？』

心臓が、バクバク鳴っている。

今までの無自覚なものとは違う。明らかに、ゆいはいろいろと意識した上でこんなことを言ってきている。……なんとなく、変な空気が流れ始める。

チラリとゆいの方を見る。

同じくこちらを見たゆいと目が合ってしまった。ゆいはもう耳までまっ赤になってちょっと涙目だった。

『お前、言ってから後悔してるだろ』

『はい後悔してますごめんなさいめっちゃ恥ずかしいです許してくださいお願いします』

『よし終わり。この話終わり』

そうやって話を打ち切った。これ以上はなんだか、本格的に危ない気がする。

──なのに、ゆいの手が優真の手にちょんと触れた。

そのまま『触ってもいい？』と確認するようにゆいの手が優真の手を控えめに撫でる。

こんな空気なのにまだ無防備なゆいに軽くめまいを覚えたが、優真もゆいの指を捕まえて軽く握り返した。

「…………」

「…………」

お互い相手の様子を探るようにチラチラと視線をやる。胸がドキドキと高鳴っている。

密室で二人きりというシチュエーション自体はこれまでにも何度もあったが、こんな空気は初めてだ。

最初はお互いに軽く触り合うだけだった手がどんどん遠慮がなくなっていく。

触って、撫でて、握って……我慢できなくなって、優真の方からゆいの手を摑《つか》まえた。

ゆいが少し身を固くしたのを感じたが、すぐにまるでこうなることを期待していたかのように握り返してくれる。

やわやわと手を握り合い、指を絡《から》める。緊張しすぎて手汗が心配だ。

「……ね、ユーマ？」

先に沈黙を破ったのはゆいだった。甘く蕩《とろ》けたような声色に心臓がバクバクと暴《あば》れている。

「ど、どうした？」

「……ユーマに、ぎゅーって、してほしい」

「え」

「その……前に、やったみたいに……わたしがユーマの足に座って、ユーマが後ろからぎゅーって、……だめ？」

「……っ、いい、ぞ」

この空気でそんなことは止めた方がいいと思っているのに、了承してしまった。

優真が少し座椅子《いす》を後ろにやってあぐらを組むと、ゆいは腰を浮かしてポフッと足の上に座る。伝わってくるお尻《しり》の感触に理性が悲鳴を上げる。

そのままゆいが、優真を背もたれにするようにもたれかかってきてもうたまらなかった。ふわふわと漂ってくる甘い匂いに頭がクラクラする。

「ユーマ……」

「………」

おねだりするような声に応《こた》えて、ゆいの華奢《きゃしゃ》な身体に腕を回す。ぎゅうっと、少し強めに抱きしめる。

体温、感触、重さに髪から漂う甘い匂い。何もかもが幸せだった。気恥ずかしくて仕方ないけれど、今は密室で二人きり。誰《だれ》の目を気にする必要もない。

ただ……。

（この空気は……流石に、ちょっと、まずい）

最初からずっと胸がドキドキしているのは変わらないのだが、ちょっと、ドキドキの種類が変わってしまっているというか……。

優真も思春期真っ盛りの男子高校生だ。こんなの生殺しとしか言い様がない。

それに何より、これまでと一番違うのはゆいの方もその雰囲気に気づいていることだ。

明らかに変な空気になってきていることにゆいも気づいている。なのに……恥ずかしそうではあってもまんざらでは無さそうで……。

むしろ、何かあるのを期待している風にすら見えてしまって……。


「そ、そろそろ昼飯時だし出るか⁉」

もういろいろと限界だった。

優真が軽く上ずった声でそう言うとゆいの方も正気に戻ったようだ。「そ、そうだね」と返して優真から離れる。

何にせよこれ以上こんな狭い部屋にはいられない。二人はそそくさと荷物をまとめて部屋を後にする。

……チェックアウトの時、顔をまっ赤にして目も合わせられない二人を見て受付のお姉さんも頬を赤くしていたが何か妙な誤解をしていないだろうか。

店を出るが、気まずい空気は継続中だ。

……何より凶悪なのは、ゆいも胸に手を当てて気持ちを落ち着かせようとしていることだ。それはつまり、ゆいの方もあの空気にドキドキしていたということで……。

本人に自覚はないのだろうけど、思春期男子にそれはちょっと、破壊力が高すぎる。

「よ、よし。じゃあ昼飯どうしようか。何か食べたいものあるか?」

「と、特にないかな。ユーマは?」

「俺も特には。じゃあ駅の辺りぶらぶらして適当に決めるか」

「ん」

そうして駅の方に歩き出す。

「ユーマ待って、歩くのはやい」

「わ、悪い」

いつもはゆいのペースに合わせて歩いているのだが、気恥ずかしくてつい早足になってしまっていた。

今日はしっかりゆいをエスコートするつもりだったのに完全に動揺してしまっている自分に苦笑いする。……と、ゆいがちょんちょんと袖《そで》を引っ張ってきた。

また『手を繋ぎたい』と暗に伝えてきている。

いろいろと思うところはあったが、その手を取った。指を絡めて恋人繋ぎにする。

「ん……」

ゆいは頬を染めながらも、ほのかに口元を綻ばせる。こうして優真と触れ合うのを喜んでくれている。

（ホントそういうとこだぞ……）

もう何度目になるかわからない言葉を心の中で呟いた。


何はともあれ二人は駅の方に向かった。

駅の周辺は賑《にぎ》やかで飲食店も豊富だ。喫茶店やファミレスに入ってもいいし、店先で何か買って食べ歩きというのもいいだろう。

そんなことを考えていると、ゆいが駅前の広場に停《と》めてあったクレープの移動販売車に目を留めた。

「ねえねえユーマ。あれ、食べよ？」

「クレープか、いいぞ」

前にパフェを嬉しそうに食べていた時から思っていたが、どうやらゆいは甘いものが好きなようだ。少し声が弾んでいる。

さっそくクレープ屋の前に行き、メニューを眺めてどの味にするか考える。

ゆいはどうやら目移りして決めかねているようで、視線がメニューの端から端まで行ったり来たりしていた。そんな姿を優真も店員さんも微笑ましそうに眺める。

少ししてゆいはクリームとイチゴがたっぷり入ったストロベリー。優真はチョコレートを注文して、受け取ったクレープを持って近くのベンチに座る。

「ふふ、なんかこうやって食べるの、高校生って感じするね」

「なんだそれ」

ゆいの言葉に笑って返す。けどまあ、言っていることはわかる。こういうのがきっと青春の一ページというやつなのだろう。

「クレープと言えば、中学の時の飛鳥《あすか》を思い出すな」

「めぐちゃん？」

「ああ、中三の時文化祭でクレープ屋を出したんだけど、飛鳥のやつ『関西人の誇りに賭《か》けて半端《はんぱ》な粉もんは出されへん！』ってやたらこだわっててさ」

「……クレープって粉ものでいいのかな？」

「まあそれはそれで。ただそれでクラスの皆も感化されていろいろ工夫しだして、メニューをいろいろ揃《そろ》えたりチョコレートソースもかけ放題にしたり……あ」

言ってから優真は自分の失敗に気づいた。

デート中に他の女子の話を出すのはＮＧだと勉強のために読んだネット記事に書いてあった。

こんなところで恋愛経験値の無さが出てしまった。

ゆいに嫌な顔をされていないか様子をうかがう……と。

「いいなぁ……」

ゆいは少し切なそうにそんなことを呟いた。

「ゆい？」

「あ……んと、めぐちゃんも名護《なご》くんもネネさんも、わたしよりユーマとの付き合い長いの、うらやましいなって」

そう言ってゆいは視線を落とす。

「もしユーマともっと早く知り合えてたら、わたしも引きこもったりしなくてよくて、もっとたくさん楽しい思い出作れたんじゃないかってちょっと、思っちゃって……んと、ごめんね変なこと言って」

「いいや、大丈夫」

そうは言ったが、ゆいがほんの少し寂《さび》しそうな顔をしたのが気になった。

……一応ゲームで前から知り合っていたとはいえ、実際に会ったのはつい最近。しかも実際に会うまでは性格どころか性別まで知らなかった。

ゆい自身、言っても仕方ないとわかっているがそれを残念に思っているのだろう。もっと早く知り合えていたら、もっと早く実際に会っていたら、もっともっとたくさんの楽しい思い出を作れたかもしれないのにと。

「……けれど、今の俺にとっての一番はお前だから」

ついそんな言葉がこぼれた。びっくりしたようにゆいがこちらを見る。

「俺にとって今、一番大切なのはお前だから。楽しい思い出なんて、これから二人でいくらでも作っていけばいい」

言ってからちょっと後悔した。つい口をついたとはいえ、流石にかっこつけすぎたかもしれない。

だがおそるおそる様子をうかがうと、ゆいは頬をまっ赤に染めて目をぱちくりさせていた。

そして恥ずかしそうにしながらも幸せそうに表情を綻ばせて、ピトッと寄り添うように距離を詰める。

「えへへ……ありがと。思い出、いっぱい作ろうね？」

「……ああ」

そう言うと、ゆいは何か思いついたようにはたとクレープに目を留めた。

「えと……ストロベリー、おいしい……」

「そうか、よかったな」

「う、うん。けど、その……ユーマのチョコレートも……おいしそう、だね……？」

「ああ、けっこう美味い」

「ん……だから、ね？ その……さっそく、だけど、思い出作りたいというか、その……」

恥ずかしそうに口をもごもご、優真にチラチラ視線を送ってくる。それでなんとなく、ゆいが何をしたいかわかった。

「……二人でシェア、するか？」

「う、うん。えへへ……」

勇気を出してそう言うと、自分の気持ちをくみ取ってくれたのが嬉しかったのか、ゆいはフワフワ嬉しそうに笑ってくれた。

「じゃあ、ほら」

頑張ってリードすべく、優真からクレープを差し出した。

ゆいは顔をまっ赤にしてチラチラと優真とクレープを交互に見る、そして小さな口を大きく開けて、パクッとクレープにかぶりついた。

「うまいか？」

顔をまっ赤にしたまま口をもぐもぐ動かし、ゴクンと飲み込む。

「ん……」

ゆいはもう、顔から湯気が出そうだった。それでもおずおずと、今度はゆいの方からクレープを差し出してくる。

「えと、じゃあ、ユーマも……どうぞ」

「ああ」

……なるべくポーカーフェイスを保っているが、さっきから心臓が暴れっぱなしだ。

だってこれ、完全に間接キスだ。ゆいも顔をまっ赤にしてクレープを差し出したまま、固唾をのんで優真が食べるのを待っている。

ドキドキしているのを必死に隠したまま、ゆいのクレープをパクリと一口。食べた瞬間ゆいがビクンと震えたのが小動物みたいでかわいかった。

「……お、おいしい？」

「……うん」

「そ、そっか……」

ゆいは恥ずかしそうに、けれど嬉しそうに口元を緩めている。

好きな女子が、自分との間接キスをこんなにも意識している。そう思うともういろいろとたまらなかった。

◆六話◆ デートと告白　後編

昼食を終えた後、二人はゲームセンターに来た。

休日と言うことで人が多く、入った瞬間ゲームの電子音やメダルのジャラジャラ鳴る音が押し寄せてくるかのようだった。

「…………、…………」

「え？　なんて？」

「音！　すっごい大きいね！」

ぶらぶらと歩いていてゲームセンターの近くに来た時、ゆいが入ったことがないというので入ってみたがやはりかなりうるさい。

ただゲーマーの性なのか、大量に並ぶゲームに興味津々ではあるようだ。そわそわ視線を行ったり来たり、にわかにテンションが上がっている。

「せっかくだし何かやってみるか？」

「んー、見てるのは好きなんだけどわたし、格闘ゲームとかはあんまりやったことないんだよね」

「へー、お前ってゲームなら何でもやるタイプかと思ってた」

「アクション系は苦手かな。操作忙しいやつだと頭に指が追いつかない」

「グランドゲートでオメガバハムートソロ攻略したやつが何言ってんだ」

「グランドゲートは反射神経よりも戦術だもん。勝とうとするんじゃなくて負けないように立ち回ればだいたいのモンスターは勝てる」

「サラッとかっこいいこと言うなお前。じゃあ何かやってみたいのとかあるか？」

「ん、ちょっと待ってね考える」

　そう言ってゆいはキョロキョロと周りを見回し……クレーンゲームに目を留めた。

　最初はなんとなく見ていたようだが、景品のぬいぐるみに気づいて目を丸くした。クイクイと優真《ゆうま》の袖《そで》を引っ張ってくる。

「ユーマユーマ。あれ、あれ見て」

「ん？　どうした？」

　何の変哲もないクレーンゲーム。だがその中にはたくさんのぬいぐるみが――二人の推し漫画『まおしつ』のキャラのぬいぐるみが積まれていた。

「そういえばグッズ化するって前に記事になってるの見たな。……欲しいのか？」

「ん……」

　ゆいが目をキラキラさせてこくこく頷《うなず》く。そんな子どものような姿に口元を緩めながら、二人はクレーンゲームの方に行く。

ゆいはアクリル板に張り付いてお気に入りのキャラ――まおしつのヒロインの一人、銀髪ロリキャラのフィーのぬいぐるみを見つめている。『かわいい』『欲しい』と顔に書いてあるかのようだった。

「……よし、取るか」

優真がそう言うとびっくりしたようにゆいが振り返る。

「ユーマ取れるの⁉」

「期待させたのなら悪いけど俺《おれ》もほとんど経験ない。でもせっかくだし挑戦してみようか」

「ん」

さっそく操作法などを確認。コインを投入してゲームを開始する。

軽快な音楽に合わせてクレーンを操作。『これで一発で取れたらかっこいいぞ』などと自分を鼓舞し、神経を研ぎ澄ます。

……が、世の中そんなに甘いものでもなく、ぬいぐるみの胴体を狙《ねら》って下ろしたクレーンは狙いを外して足を軽く引っかけるだけで終わってしまった。

「……まあ、そんなに簡単にはいかないわな」

「ふふ。……次、わたしもやってみていい？」

「ああ、どうぞ」

今度はゆいも挑戦する。

……グランドゲートでは抜群の腕前を誇るゆいだが、流石《さすが》に初めてプレイするクレーンゲームでは上手《うま》くいかずフィーの上半身をちょっと浮かすだけで終わった。

ただ、その失敗が二人に火をつけた。

「ちょっと千円札両替してくる」

「ん。わたしはネットで攻略法とか調べとくね」

二人とも根っからのゲーマー。それも失敗するとますます闘志を燃やすタイプだ。このままでは終われないと本気で攻略に乗り出す。

「ユーマ、あの頭から出てる紐狙《ひも》うやり方、どうかな?」

「うーん、あの小さい紐狙うのもそれはそれでキツそうだぞ。もうちょっと初心者向けでこっちのやり方で……」

顔を寄せ合ってスマホを覗《のぞ》き込んで攻略法を確認。クレーンゲームの周りをウロウロして位置関係を確認したり「オーライ、オーライ」と声を掛け合ってクレーンを誘導したり。

何度も失敗したけれど、失敗するのも楽しかった。

そして何度目かの挑戦で……。

「お、いい感じじゃないか?」

「ん。そのまま、そのまま……あれ?」

優真はついに狙い通りの所にクレーンを下ろすことができた。アームがフィーのぬいぐるみをがっちり摑《つか》む。……と、まったくの偶然だが、アームが下にあった『まおしつ』の主人公、マオのぬいぐるみの紐に引っかかった。

二ついっぺんに持ち上がる光景に二人して「おー」と歓声を上げる。

かくしてフィーとマオ、二つのぬいぐるみを手に入れたゆいはご満悦だ。二つのぬいぐるみを抱いて、嬉《うれ》しそうに顔を埋める。

「えへへ♪　二つ同時に取れるの、すごいね」

「まあ完全に偶然だったけどな」

「けどなんかこう、いいよね。この二人が偶然って、運命的な感じで。『まおしつ』でも早く二人くっつかないかな」

「いや流石に難しいだろ。ロリキャラがヒロインレース勝つことってほぼないぞ？」

「けどフィーちゃんって明らかに作者のお気に入りだし、フラグもいっぱい立ててるから可能性あるかなって思ってるんだけど」

「うーん、それでも難しいと思うぞ？　どっちかというとあの二人の関係は兄妹とか、そういうのに近いだろ？」

「それはわかるけど、わたしはそういう兄妹愛みたいなのが恋愛に発展するの好き。なんかこう、すごく共感でき……」

……そんなことを言いかけて、ゆいはハッとして恥ずかしそうに口をモゴモゴさせる。

優真もその理由に気づいて頬《ほお》が熱くなるのを感じたが、あえて気づかない振りをする。

そして勇気を出して、また一歩踏み込んだ。

「俺も好きだな、そういうの」

優真がそう言うと、ただでさえ赤かったゆいの顔がボッと耳まで赤くなった。恥ずかしそうにぬいぐるみに顔を埋めながらチラチラと優真を見る。

「……ね、ユーマ」

「うん?」

「……これ、ユーマが持っててほしい」

そう言ってゆいが差し出したのはフィーのぬいぐるみだった。

「こっち?」

フィーはまおしつでゆいが一番好きなキャラのはずだ。それを差し出してきたことに優真は首を傾げる。

「ん。一番好きなのはフィーちゃんだけど、今日はこっちがいい」

ゆいはそう言って、マオのぬいぐるみを抱きしめる。

「またなんで?」

「…………ユーマにちょっと、似てるから」

「――っ」

また胸が高鳴るのを感じる。

……かなり直球な好意の示し方だ。言ったゆいは恥ずかしがってマオのぬいぐるみに顔を半分埋めるようにしている。

そんなに恥ずかしいなら無理してやらなければいいのにと思う反面、恥ずかしくてもやりたい気持ちもわかる。

好きな気持ちを相手が受け入れてくれるのは、すごく嬉しいのだ。

優真はどぎまぎしながらフィーのぬいぐるみを受け取る。

ゆいが初めてネネの店に行った時にフィーのコスプレをしたりしていたが、やはりゆいはフィーとよく似ている。

そのフィーのぬいぐるみをこうやって手渡されるのは、まるでゆいの気持ちを受け取ったかのように感じてしまって……なんだか、もう、限界だった。

「………好きだ」

――ゆいに聞こえないように小さな小さな声で呟《つぶや》いた。

「え？　ユーマ、何か言った？」

「いいや何にも」

自分でも何をやっているんだろうと思わないでもなかったが、ガス抜きというか、こうしないと想《おも》いが溢《あふ》れ出してしまいそうだった。流石にその言葉を伝えるには、この場は風情がなさ過ぎる。

こっそりと深呼吸する。胸がドキドキと高鳴っている。……その時が近づいて来ている。

それからしばらく遊び回って、いい時間になったのでいつものようにゆいを家まで送って行く。

(……いよいよ、だな)

優真は何度目かもしれない深呼吸をした。

緊張しすぎて少し呼吸が浅くなっているのを感じる。

その緊張がゆいにも伝わってしまっているのか、ゆいもどことなく歩くのがぎこちない。

「…………」

「…………」

会話もない。けれど繋《つな》いだ手は離さないまま、いつもより遅い歩みでゆいの家までの道を歩いて行く。

途中で何度か『もっと先延ばしにしてもいいのでは?』なんてへたれたことも考えてしまった。

両想いだと思う。けどもし勘違いだったらしばらく立ち直れない。

それに単純に恥ずかしいし、今の関係が心地いい分それを変えてしまうのが少し怖い。

だがそれ以上に……この気持ちを伝えたい。

ゆいのことがかわいくて、愛《いと》しくてたまらない。

自分のものになってほしい。独占したい。ずっと大事にして、幸せにしたい。

胸がキュウっとなる。つい繋いだ手に力を込めてしまったが、ゆいはそれに応《こた》えるようにギュッと握り返してくれた。


そうして、ゆいの家の前まで来た。

いつもならゆいとはここで手を振り合って、門を開けて家に入っていく。だがゆいは今日は動かなかった。

雰囲気でこの後の展開を察したのだろう。緊張した様子で優真の言葉を待っている。

「ゆい。話がある」

絞り出したその言葉に、ゆいは身体を硬直させる。

「その……もう、気づいてるかもしれないけど」

最後にもう一度息を吸い込む。そして『好きです。付き合ってください』そう言葉にしようとした……その時だった。

「ま、待って！」

ゆいが必死な様子で声を上げた。こんな時に何事かと思ったが、言った本人であるゆいの方が自分の発言にびっくりしたかのようにオロオロしている。

それでもゆいはどうにか必死に言葉を探して、あらためて優真を見る。

「ゆい？」

「あ……あの、ね？　わたしからもユーマに、伝えたいこと、あって。だから……その……お願い、わたしから、ユーマに言わせて……？」

——優真は息を飲んだ。ただでさえ高鳴っていた心臓が破裂するんじゃないかと思うぐらいバクバクしている。

「じゃ、じゃあ、どうぞ……」

「う、うん。えっと……あの……」

だがそこでゆいは言葉を止めてしまった。

それでも何とかもごもごと言葉を選ぶように口を動かして、そして——。

「こ、これからも、仲良くしてね！」

「お、おう？」

思わずずっこけそうになった。『前にもこんなことあったぞ』と強烈なデジャブを感じながら、なんとか気持ちを立て直す。

「そ、それが伝えたいことなのか？」

「ううん。これも、なんだけど、その……あうう……」

「？」

いまいち要領を得ない。ゆいの方も喋《しゃべ》りながら着地点を探しているような感じだ。

「……………ユーマ、もうすぐ林間学校、あるよね？」

「え？　ああ。うん」

何を言い出すのかと思ったがとりあえず頷く。

二人の通う高校では中間テストが終わって一段落したとあってか、もうすぐ林間学校がある。

一泊二日で、一日目でキャンプなどをして、二日目で帰るというスケジュールだ。

ゆいはキュッと優真の服を摑む。そして顔をまっ赤にしながら、潤んだ目で優真を見上げた。

「その日に、言うから！　その日までに心の準備して、絶対ちゃんと、わたしから気持ち、伝えるから！　……それまで、待っててほしい……」

「…………っっ⁉」

――こんなの『その日に告白するから待っててください』と言っているのと変わらない。

「あの、えと……わがまま言ってごめんなさい。でも、どうしても、わたしから……それで、その……それまでは、今まで通りでいい……かな？」

「あ、ああ。うん、わかった」

「そ、それじゃあ……また……」

「お、おう。また」

そうして優真はふらふらしながら家に帰った。

家に帰っても何も手につかなくて、電気もつけないまま自分の部屋のベッドに倒れ込む。むず痒《がゆ》いような恥ずかしいような、よくわからない感情が湧《わ》いてきて優真は枕《まくら》に顔を埋めた。なんだかジッとしていられなくてボスンボスンとベッドを拳《こぶし》で叩《たた》く。意味もなくゆいの名前を叫びたい衝動に駆られる。いや流石にやらないが。

……告白するつもりだった。それをこんな形で待ったをかけられるのは想定外だ。

ただ……あれはどう考えても『自分から告白したいから待ってて』というものだ。流石に優真もそれくらいはわかる。

あの少し前までコミュ障でまともに話せもしなかったゆいが自分から告白したいと、好きだと伝えたいといってくれた。それだけ自分を想ってくれてると思うと嬉しくてたまらない。

ただ、それはそれとしてこうやって待ったをかけられるのは爆発《ばくはつ》寸前で寸止めされたようなものでもあって……。

結局、優真はその日ろくに眠ることができなかった。

†

一方、ゆいも優真に告白されかけて平気なわけがなく、さらにその後『自分から告白するから待ってて』みたいなことも言ってしまってベッドの上で悶絶《もんぜつ》していた。

（言っちゃった……！　言っちゃった……！）

あそこまで言ったら、もう半分……というか九割告白だ。優真も完全に自分の気持ちに気づいただろう。

恥ずかしくて恥ずかしくて、枕に顔を埋めたままゴロゴロと転げ回る。

ひとしきり恥ずかしがった後は『せっかく優真が告白しようとしてくれたのに遮《さえぎ》ったのはまずかったんじゃ……』とか『もうあの場で勢いに任せて告白しちゃえばよかったんじゃ……』と一人で反省会をして、その後また優真が告白しようとしてくれたという事実に転げ回る。もうテンションがおかしなことになっていた。

（ど、どうしよ。ニマニマしちゃうの、なおらない……）

口元を指でうにうにやってみるが少しでも気を抜くとすぐに口角が上がってきてしまう。

幸いお父さんもお母さんも仕事でまだ帰って来ていないが優真とデートしたのは知られている。帰るまでに治さないと何かありましたと言っているようなものだ。

ゆいだって年頃の女の子だ。しかも初恋で、相手は大好きで大好きでたまらない男の子。

その男の子と両想いになれて、告白しようとしてくれた。告白自体は先延ばしにしてしまったがもう完全に勝ち確だ。

（約束された勝利の告白……！）

心の中でそんなことを呟いて拳を突き上げ、自分は何をやっているんだろうとまた恥ずかしさに悶える。完全にテンションがおかしなことになっている。

ゆいは「はふぅ……」と息を吐いて仰向《あおむ》けになり、先程のことを思い出す。

『ゆい。話がある』

――そう言われた時、今から告白されるんだと思った。

大好きな男の子が好きだと言ってくれる。頑張って告白してくれる。恋人になりたいと言ってくれる。

それはすごく嬉しくて、ドキドキして、幸せで……だけど同時に、以前感じたモヤモヤの正体がわかった。

――自分はずっと、優真からもらってばっかりだ。

優真のおかげでコンプレックスもコミュ障もだいぶマシになったし、学校に通えて友達もできた。毎日楽しくて、幸せで……大好きな優真と両想いにもなれた。

今の幸せは優真のおかげだ。大げさでも何でもなく、自分の人生を変えてくれた。心から感謝してる。

だからこそ、自分からこの気持ちを伝えたいと思った。

今までのお礼……というのとも違う。

自分を幸せにしてくれた優真に、この初恋をもらってほしい。

一番大切な言葉と、今にも溢《あふ》れそうなこの気持ちだけは、自分から優真に捧《ささ》げたい。

あらためて自分の気持ちを確かめて、スマホのカレンダーのアプリを起動させる。カレンダーに林間学校と記されている。

ゆいは少し迷った後、その日付にハートのスタンプをつけた。

――その日に、自分の気持ちを伝える。優真に告白する。恋人にしてくださいって言う。

恥ずかしいし、緊張するし、ちょっとだけ怖い。

けれど同時にすごく楽しみで、待ち遠しい。

「…………」

ベッドに座り直して、今日クレーンゲームで取ったマオのぬいぐるみを手に取った。

目を閉じて、優真の姿をぬいぐるみと重ねる。

「～～～っ」

それだけでもうたまらなくて、ゆいはぬいぐるみをぎゅーっと抱きしめた。

◆ 幕間 ◆ 両想い

さて、当たり前の話だが月曜日になれば基本的に学生は学校に行かなければならない。

それはもちろんゆいと優真《ゆうま》も例外ではない。たとえ今どれだけ顔を合わせるのが恥ずかしくてもだ。

（ど、ど、どうしよ……）

月曜日の朝、制服姿のゆいはベッドの上で丸くなっていた。もうすでに顔が熱くて、いつも優真が迎えに来てくれる時間が近づくにつれ心臓の音が早くなっていってる気がする。

正直、今日だけはこのまま学校をサボって部屋に引きこもっていたい。もう何もかも忘れて寝てしまいたい。

だってつい先日、優真とあんな話をしたばかりなのだ。もう恥ずかしくて恥ずかしくて、まともに顔を合わせられる気がしない。

（うみゃあああああ………）

あの時の会話を思い出して心の中で謎《なぞ》の鳴き声を上げて枕《まくら》に頭をぐりぐり——と、ピンポーンとインターフォンを鳴らす音が聞こえて飛び上がりそうになった。

「ゆいー？　ユーマ君来てくれたわよー？」

「は、はーい」

お母さんの声に答えて、意を決して立ち上がる。鏡の前でもう一度くるりと回ってみて身だしなみを確認。パタパタと一階へ下りていく。

あんなことがあって、優真と顔を合わせるのが恥ずかしい。だけど同時に少し楽しみでもあった。……あんなことがあって、優真がどんな反応をしてくれるかなと。

玄関で靴を履《は》いて、最後にもう一回胸に手を当てて深呼吸。そしてそっと扉を開いて、ぴょこっと顔を出した。

「…………お、おはよう」

「お、おはよー……」

優真は挨拶《あいさつ》するとそれで限界だったようで、すぐに顔をそらしてしまった。

けれどそれはゆいが期待した通りの反応だった。あの優真が、大好きな優真が、こんなにも自分のことを意識して恥ずかしがってくれている。そう思うと胸がキュンキュンして仕方なかった。

胸のドキドキを感じたまま、ギクシャクした動きで優真の前へ。

優真は恥ずかしさをごまかすようにガシガシ頭をかいて口を開く。

「じゃ、じゃあ、行くか」

「う、うん。行こ」

そうして二人で並んで歩き出す。

流石《さすが》に今日は恥ずかしすぎて手は繋《つな》がない。けれども以前よりも、心の距離が縮まっているのを感じた。

「……」

「……」

会話はない。お互いに無言のまま通学路を歩く。けれどその時間も嫌な気持ちは全然なくて、隣に優真がいるだけで嬉《うれ》しかった。

でも同時に、足りないとも感じてしまった。

もうお互いの気持ちがわかっている。優真も自分のことを女の子として好きで、両想い。

そう思うともっともっと優真が欲しくてたまらなくなってくる。

手を繋ぐ……だけじゃまだ足りない。ぎゅーっと抱きしめてもらう……のでももう少し欲しい。

そう、例えばまた、添い寝とかしてもらって、一日中ぎゅーっと抱きしめてもらって、イチャイチャして。

もうほとんど恋人同士なんだし、そのままキス……とかも、したりして……。

（うみゃあああああああああ……！）

すごいことを考えてしまっている自分に気づいて、また心の中で悲鳴を上げる。

外でこんなこと考えているのは流石にまずい。一度離れて頭を冷やした方がいいかもしれない……なんて考えていたのに。

「…………」

「…………っ」

優真は無言のままゆいの手を握った。そのままいつもよりちょっぴり強引《ごういん》に、優真の方から指を絡《から》ませてくる。

「～～～っ、～～～っ」

まるで優真も、自分のことが好きで好きでたまらないんだって伝えてくれているようで、もうたまらなかった。

でも恥ずかしいけど嬉しくて、その気持ちに応えたくて、ゆいもポフッと優真の腕に抱きつく。ギュッと身体を押しつける。恥ずかしいけど『好き』と言葉にできない分、自分のドキドキが優真に伝わっていたらいいな、なんて思う。

おそるおそる、優真の顔を見上げる。

優真は顔まっ赤で、口をもごもご、視線をウロウロさせていた。

きっと今、自分と同じ気持ちになってくれている。自分のことが大好きで、たまらなくなってくれている。

……ちょっとだけ、いわゆる小悪魔系女子の気持ちが理解できた。だってこれ、すごく嬉しい。

優真が自分のことを意識してドギマギしてるんだと思うと、もう、幸せとドキドキがキャパオーバーしてしまいそうというか。

そんな気持ちを抱えたまま、二人は駅までの道を歩いて行った。

◆七話◆　ゆいと林間学校

デートから少し経《た》ち、林間学校の日を迎えた。

今日は体操着での登校となっており、優真《ゆうま》はジャージ姿でネネと朝食のトーストをかじっている。

「うんうん。制服もいいけど現役《げんえき》男子高校生のジャージ姿もまた違った魅力があるわね。眼福眼福」

「弟に対して何言ってんだ」

「まあまあ、いいじゃない。ところで今日が例の日よね？　んふふ～♪　楽しみで眠れなかったんじゃない？」

「別に……」

「目の下、隈《くま》できてるわよ？」

「うっさい」

ぷいっと視線をそらす優真にネネはニマニマと笑みを浮かべている。

今日は林間学校の日。――ゆいから告白される日だ。そりゃあ眠れるわけもなく、睡眠時間は二時間ほどだ。

……ちなみに、ネネは一通りの事情を知っている。

元々先日のデートで告白するつもりだったのがバレていたことと、結果を聞かれて『まだ告白してない』と答えたら『へたれ』だの『甲斐性《かいしょう》なし』だの散々なじられたのでつい経緯を話してしまった。若干後悔している。

「そうそう、これ持って行っときなさい」

「……なんだよこれ」

「リップクリーム」

「それは見ればわかる。何でこんなの渡すんだよ」

「そりゃあ、高校生の男女が恋人になるんだもん。ちゅーの一つぐらいするかもしれないでしょ？」

ネネはものすごくニマニマしている。意地でも告白の件は秘密にしとくんだったとあらためて後悔した。

その後家を出ていつものようにゆいを家まで迎えに行く。

……おそらく、あと平日もする頃には自分とゆいは恋人同士になっている。そう思うといつも歩いている道なのになんだか足元がふわふわして、胸が苦しくなってくる。

ドキドキをごまかすように早足で向かうと、ジャージ姿のゆいが家の前で待っていた。

「……おはよう」

「……お、おはよー」

そう挨拶《あいさつ》はしたがやはりぎこちない。完全に意識してしまっている。

優真はガシガシ頭をかくと、話題を探して視線をウロウロさせ、空を見上げた。

「あー……今日は晴れてよかったな」

「そ、そだね。天気予報でも雨の心配はないって。雨降ってたらいやだもんね。せっかくの日なんだし」

「まあ、そりゃあ、その……告白、なんだし、土砂降りとかだったら嫌だわな」

「え？　……あの、さっきの、林間学校のことのつもりだったんだけど……」

「……ごめん」

「ううん。……わたしも、ユーマが意識してくれてるの、嬉《うれ》しいし……」

「……お前ホント変わったよな。会ったばかりの頃とかまともに話すこともできなかったのに」

「ユーマのおかげ、だよ？　それに、なんというか、その……ユーマのこと、大好きすぎて、気持ちが暴走気味というか……」

「なんかもう、お互いほとんど言っちゃってる気がするけど俺《おれ》たち一応まだ友達同士なんだよな？」

「う、うん。その、こういうことの区切りははっきりしたいっていうか……。それにちゃんと気持ち、伝えたいし……」

「まあ、付き合いだしてもこれまでとあんまり変わらない気もするけどな」

「そ、そうかな？」

「実際こうやって毎日手を繋《つな》いで登下校してるし、学校でもだいたい一緒だし」

その言葉にゆいはモゴモゴと口を動かす。そして顔をまっ赤にして、上目遣《うわめづか》いに優真を見て――。

「………恋人同士、なら………キ、キス、とかも……できるよ……？」

――それは、暗に『キスしてみたい』と言っているかのようで……もう、死にそうだった。

「それは反則だろ……」

「ご、ごめんなさい？」

「いや謝られても困るけど……」

優真はまっ赤になって、ゆいも自爆気味で、そこからしばらく何も話せなくなってしまった。

けれど駅に向かって歩き出すとどちらともなく手を繋いだ。

恥ずかしいのだけど、相手も恥ずかしがってくれていることが、自分のことを意識して照れてくれているのがたまらなく嬉しい。

先日のデート以来、元々近かった距離がますます近くなったように思う。両想《おも》いなことに確信を持って、ブレーキが緩んでしまったというべきだろうか。

『これぐらいしても引かれたり嫌がられたりしない』『むしろ喜んでくれる。ドキドキしてくれる』

その安心感は思いの外大きくて、油断するとついついやりすぎてしまいそうになる。

そのまま駅まで行って、電車に乗った。

電車はいつものように混雑していた。それでもなんとか人の流れに乗ってちょうどいい位置を確保しようとする――が、今日は失敗してしまった。

周りの乗客に押されて、真ん中の方まで来てしまった。しかも悪いことに優真はつり革に届くがゆいはどこのつり革にも手すりにも摑《つか》まれない位置だ。

「気をつけろよ？」

「ん、がんば……きゃっ⁉」

「……っ」

電車が揺れた拍子に、ゆいがバランスを崩しかけた。

優真は咄嗟《とっさ》にゆいの身体に手を回し自分の方に抱き寄せる。……それで、ゆいを胸に抱いているような体勢になってしまった。

「……ごめん」

「う、ううん。ありがと……」

一応、ゆいの身体から手を離すがゆいはそのまま離れようとしなかった。軽く優真に体重を預けたまま、優真の胸にピトッと耳をくっつけている。

「ユーマ、ドキドキしてるね……」

ゆいといる時はいつもドキドキしているが、今日はいつもよりも薄着なせいで心臓の音がゆいに伝わってしまったようだ。

「本気で恥ずかしいんだけど」

「わ、わたしは嬉しい、よ？　ユーマがドキドキしてくれるの……。それに、わたしも今……ドキドキ、してるし……」

「そ、そうか」

優真は電車の吊《つ》り広告を見るふりをしてゆいから視線をそらす。ばれないように小さく息を吐いた。

（ホントになんなんだこのかわいい生き物）

耳まで赤くしながらそんなことを言ってくれるゆいがかわいくて仕方ない。思いきり抱きしめたい衝動を我慢するのが大変だった。

そこからはお互い会話もなく、ゆいに心臓のドキドキを聞かれながら電車に揺られた。

正直恥ずかしくてたまらなかったが、自分のドキドキをゆいが喜んでくれていると思うと悪い気はしなかった。

林間学校にはバスで向かう。

学校近くの広い道路にはすでに何台もの観光バスと、優真達と同じ学年の生徒達が集まっていた。

ちなみに座席は自由で基本的に早い者勝ち。『うまくゆいと一緒に座れるかな？』と危惧していたが普通に座れた。

というより、飛鳥《あすか》はじめ女子の何人かが『杉崎《すぎさき》くんとゆいちゃんはここ！』と席を確保してくれていたのだ。

それでゆいが窓側、優真が通路側で隣り合って座ることができたのだがその女子達が席についた優真とゆいをニマニマしながら見守っている。

漫画とかで女子同士で互いの恋を応援しあったりするのをたまに見かけるがそういう感じだろうか？

ただ微妙にありがた迷惑な面もあって……そんな期待のこもった視線を向けられていると、めちゃくちゃ会話しづらいのだ。

バスが動き出しても周りの視線が気になってしまって無言の時間が続く。

と、そうしているとゆいがスマホを取り出してチラリとこちらに視線を送ってきた。優真も意図を察して同じくスマホを取り出す。要はチャットで会話しようということだろう。

……端から見るとせっかくくっつきそうな二人を隣同士に座らせたのに二人ともスマホをいじり始めたようにしか見えないため、微妙に非難の視線を感じたが無視する。

『お前ってこういう林間学校とか初めてか？』

そう送るとゆいはすいすいとフリック入力して返信してくる。

『うん。実はこういうふうにみんなで林間学校とかに行くの、アニメとかで見て憧《あこが》れだったんだ』

『そうか。じゃあ楽しまないとな』

『うん♪』

実際楽しみなようで、ゆいの横顔には笑顔が浮かんでいる。

その表情を見て、優真は少し迷った後文字を打ち込む。

『俺が言うのもなんだけど、ひとまずは林間学校の方に集中しようか？　せっかくなんだしいい思い出作るって方向で』

『うん。了解』

『オッケー。そんじゃいきなり話変わるけど飴《あめ》食べるか？　いちごミルクのやつ』

『あ。欲しい。ユーマ、いちごミルクのやつ好きなの？』

『ああ、美味いよな』

『うん。わたしも好きー』

ゆいはニコニコ嬉しそうだ。こんな些細《ささい》な一致すらゆいは嬉しそうに笑ってくれる。この子はそんなにも自分のことが好きなんだと、つい意識してしまう。

（これ……意識しないようにって言った俺の方が無理かも……）

そう思いつつカバンから飴の入った袋を取り出そうとする……と。

「……あ」

コロンと、スティック状のものがカバンからこぼれ落ちた。

「？　ユーマ、何か落としたよ？　……リップクリーム？」

「い、いや、それはその、姉貴が念のために持って行けってしつこくて……！」

「ネネさんが？　念のため？」

直後に気づくのだが、ネネの名前を出したのは最悪だった。普通に『最近唇が荒れてるから』とでも言っておけば良かったのに、つい言い訳がましくなってしまった。

ゆいはしばらくキョトンとしていたが、少しして意味に気づくとボッと赤くなる。

（姉貴のバカ野郎……）

心の中でネネに文句を言いつつリップクリームを受け取り、カバンにしまう。

ゆいは顔をまっ赤にしてそわそわしつつも、またスマホを操作し始めた。

横目で見ていると文字を入力しては消してをしばらく繰り返している。

文字を打ち込み終わると今度は送信するかどうか迷うように指をウロウロ。たっぷり三十秒ほど迷った末、「えいっ！」とばかりに送信ボタンを押した。

少しして優真のスマホにメッセージが届く。画面を見ると――。

『ユーマくんも、好きな女の子とキスしたいって思いますか？』

（その件追撃してくるんじゃねえ⁉）

ただでさえ意識してしまってダメだったのに、思わぬ追撃が来て頭を抱えたい気分だった。今度は優真が悩む番だった。

今日ゆいが告白してくれることになっているが、ゆいのことだから『ユーマがしたいならキスしてもいいよ?』ということなのだろう。だがそういうのはちょっとどうかと思う。

けれどゆいも勇気を出してこういうことを言ってくれてると思うので、あまり無下に断るのも気が引ける。

『そりゃあ、そういうことを思わなくもないです』

数分悩んだ末に無難な返事をした。チラリとゆいの様子を見るがゆいは反対側……窓の外に顔を向けていて表情はうかがえない。髪の間に見える首筋がなんとなく赤くなっている気はするが。

少し待つとゆいから返事が来る。

『やっぱり男の子もそういう気持ちはあるんですね』

『それはまあ。けれど無理にしたいというわけではありません』

『したいっていう気持ち自体はあるんですよね?』

『そこは否定しませんけどそういうのは順序とかがあるでしょう』

『けどけど、私が読んだラブコメとかだと告白して恋人になったらそのままキスっていうのもけっこうありましたよ?』

『二次元と三次元を一緒にするんじゃありません!』

そこで優真は『ストップ！』というアニメキャラのスタンプを送りつけて会話を打ち切らせる。

これ以上この話を続けたら、なんだかいろいろ危ない気がする。

ゆいももう限界が来ていたようで、そこからはお互いしばらく何も話さなかった。


その後しばらくバスに揺られ、休憩でサービスエリアにバスが停《と》まった。

先程のチャットのせいでまだ顔の火照りは取れないが、どうにか会話できるくらいには回復した。

それぞれトイレを済ませ、バスの出発時間まではまだ間があるので一緒にサービスエリア内を見て回ることにする。

「お母さんとお父さんに何かおみやげ買っていこうかな？」

「買うにしても帰りにしとけよ。荷物になるぞ」

「あ、そだね」

どこにでもあるようなサービスエリアだが、中学まで引きこもっていたゆいにとっては何もかもが珍しいのだろう。目を輝かせてキョロキョロしている。

「ユーマユーマ。ちょっとお腹空《なかす》いたし、何か食べない？」

「いいけどあまり腹に溜《た》まるものはやめとけよ？　せっかくの昼飯入らなくなるぞ」

「はーい。あ、ユーマ。サクランボの試食だって」

「ふーん。この辺サクランボとか作ってるんだな」

「……ユーマ、見ててね」

ゆいはサクランボをへたごと口の中に入れた。

しばらく口をもごもごさせて舌を出す。舌の上には結ばれたサクランボのへたが乗っていた。

「器用だな」

「ん、小さい頃はずっと入院してて暇だったから。ユーマはできる？」

「ちょっとやってみる」

優真も負けじとサクランボを口の中に放り込む。

もごもごして舌を出すと結ばれたサクランボのへたが乗っていた。

「おー、上手上手」

「まあ、できても舌の器用さとか日常生活で役にたつことないけどな」

「ふふ、そだね」

と、そうやって話していた時だ。

「お、杉崎くんとゆいちゃんや」

聞き慣れた関西弁。振り向くと別行動をしていた名護《なご》と飛鳥がいた。

「ん？　飛鳥、何か買ったのか？」

「うん。見て見てー♪」

　飛鳥は嬉しそうにそう言うと手に持っていたビニール袋から土産屋でおなじみの、剣に龍が巻き付いた謎《なぞ》のキーホルダーを取り出した。隣では名護が曖昧な表情でたたずんでいる。

「あー、なんというか、テンプレだな」

「これも旅の思い出……なのかな」

「なんやみんな反応悪いな。かっこええやんこのキーホルダー」

「……飛鳥。一つ確認する。カバンにでも付けるのか？　そのキーホルダー」

「え？　いや、付けへんかな。……うち、なんでこんなキーホルダー買ったん？」

「買う前に気づいてくれ」

　名護と飛鳥のそんなやり取りに優真達は苦笑いする——と、飛鳥の興味が試食のサクランボの方に移った。

「試食コーナーやーん♪　うち試食コーナー大好きー♪　二人はもう食べたん？　おいしかった？」

「ああ、けっこういけたぞ」

「ん、おいしかった」

「ほな名護くんいっしょに食べよー？　はい、あーん♪」

　元気にはしゃぐ飛鳥に対し、名護も仕方なさそうに応《こた》えてやる。

「そういえばさ、名護くんって口の中でサクランボのへた結べる？」

「む？　試したことはないが、どうした？」

「いやな？　前に友達から聞いたんやけど、サクランボのへた口の中で結べる人ってキスも上手って……なんでゆいちゃんと杉崎くんが赤くなってるん？」

「い、いや……」

「何でもない、です」

二人とも気恥ずかしくなって、急いでその場を離れた。

「…………」

「…………」

「……戻るか」

「ん。そ、そうだね」

そのまま二人で歩き回るのも微妙に気まずくて、少し早いが二人でバスに戻った。

出発時間までまだ少しあることもあって、バスの中は人がまばらだった。

座席に座り、スマホをいじって気持ちを落ち着けようとする——が、そんな優真にゆいは、追い打ちをかけるように爆弾を放り込んできた。

「…………ね、ユーマ？」

「ん？　どうした？」

「……えと、ね？　その、変なこと、聞いて、いい？」

「お、おう」

「その……ユーマも、その……キスって、したいんだよね？」

いろいろとこみ上げるものがあったがどうにか耐えた。

「ま、まあ、そりゃあ、少なくとも嫌じゃない。けど、そういうのはその、急いでするもんでもないだろ？」

「そ、そっか」

そこでまた会話が途切れた。

バスが走り出しても窓側に座っているゆいは外を見ていてこっちを向かない。ただ恥ずかしがっているのは丸わかりだ。

（恥ずかしいならあんなこと言うなよ……こっちだってヤバいんだぞ……）

――優真も年頃の男子だ。そういうことはしたいし、実際ゆいが酔っ払ってしまった時は危うくやりかけた。

だが同時に、ゆいのことを大切にしたいというのも本心だ。

ゆいが自分を喜ばせようと思ってそういうことを言ってくれているなら正直嬉しいが、それでキスするのはやはりちょっとどうかと思う。

そういうのはお互いの気持ちが通じ合った上でちゃんと――と、そこで、あることに気づいてしまった。

ゆいはさっき、ユーマ〝も〟キスしたいかと聞いてきたのだ。

「…………」

ゆいが外を見ているのを確認してこっそりスマホを取り出し、チャットでのやり取りを読み返す。

『ユーマくんも、好きな女の子とキスしたいって思いますか？』

『そりゃあ、そういうことを思わなくもないです』

『やっぱり男の子もそういう気持ちはあるんですね』

『それはまあ。けれど無理にしたいというわけではありません』

『したいっていう気持ち自体はあるんですよね？』

『そこは否定しませんけどそういうのは順序とかがあるでしょう』

『けどけど、私が読んだラブコメとかだと告白して恋人になったらそのままキスっていうのもけっこうありましたよ？』

『二次元と三次元を一緒にするんじゃありません！』

――優真は最初、ゆいが『ユーマがしたいならキスしてもいいよ？』という感じでこんなことを言ってきたんだと思っていた。だが、これ、違う。

どちらかというとこれは……『わたしはキスしたいけどユーマはどうかな？』と探りを入れてる感じのもので……つまりさっきからゆいは、あのゆいが、自分とキスしたいと思ってくれていたわけで……。

そのことに気づいてしまうともう、ダメだった。

◆幕間◆　乙女心

一方、ゆいはさっき聞いた質問をかなり後悔していた。

（わ、わたし、なんであんなこと聞いたの⁉）

今日、優真《ゆうま》と恋人になれるんだとか、優真も意識してくれてるんだと思うと、好きが溢《あふ》れてしまう。暴走気味というか、自分で自分を制御しきれてない。

……ここ最近、イメージトレーニングのために恋愛系の漫画やライトノベルをたくさん読んでいるがけっこうな数、告白した直後にキスしているものがあった。

今日、優真に告白する。

それはつまり、漫画とかみたいにそういう展開になることもあり得るわけで、フィクションだと頭ではわかっているのだが、すっかり影響されてしまったというかなんというか。

恥ずかしいのと『引かれてたらどうしよう⁉』という不安と乙女心的なものが入り交じってまた優真のことをまともに見られなくなってしまっていた。

（ど、どうしよ……ドキドキするの、おさまらない……）

ゆいだって思春期の女の子だ。好きな男の子とキスするのに憧《あこが》れはある。

けれど恥ずかしいものは恥ずかしいし、そういうことをストレートに伝えてはしたないとか思われたくない。

でもやっぱりキスしたいし、そのことに気づいてほしい……のだけど、やっぱり恥ずかしいから気づかないでほしい。

乙女心がグルグルしている。我ながら面倒くさいと思う。


そうしているとバスがトンネルに入った。

外が暗くなり、窓に二人の姿が映る。優真はゆいから顔を背《そむ》けるように虚空を見つめていた。

そろりそろりと振り返る。優真は耳どころか首筋まで赤くなっている。

……もしかしたら自分がキスしたがっていることに気づいてしまったのかもしれない。

そう思うと恥ずかしくてたまらない……のだけど、自分のことを意識してくれているんだと思うとつい頬《ほお》が緩んでしまうのを感じる。

困らせてしまっているのは申し訳ないけれど、やっぱり好きな人がそんな反応をしてくれるのは嬉《うれ》しい。胸がキュンとして、優真のことがなんだかかわいく思えてくる。

そろりそろりと、脇《わき》に置かれていた優真の手に自分の手を重ねた。

優真の身体が少し強張《こわば》ったのを感じたけれど結局受け入れてくれる。やわやわと触り合って、軽く指を絡《から》める。

ゆいはホーッと息を吐いて、また窓の外の景色に視線を移した。

こうして手を握り合っていると、ドキドキしてたまらないのに不思議と安心する。優真の隣が自分の居場所なんだって思える。

それで変に高ぶっていた気持ちも落ち着いた。自分達ならどんなことになっても大丈夫だと思うことができた。


そのままバスに揺られて目的地に着いた。

バスを降りると軽く伸びをする。ずっと座っていて固まった筋肉がほぐれていく感覚が気持ち良い。

空には雲一つなくて、澄み切った青が広がっている。

ゆい達が今いるのは山間に作られた駐車場。周りを見渡すとどこを見ても自然がいっぱいで、都会に住んでいるゆいにはそれだけで新鮮だった。

試しに深呼吸してみると空気に森の匂《にお》いを感じる。まるで異世界にでも来たみたい……は言いすぎにしても、初めての体験にちょっと足元がふわふわしている。

生徒全員で近くのキャンプ場に移動して、班ごとに分かれて昼食のカレーを作ることになった。

班のメンバーはゆい、優真、飛鳥《あすか》、名護《なご》と気心の知れたいつものメンバーだ。

さらにその場で話し合って、ご飯を炊くのは優真と名護。カレーを作るのをゆいと飛鳥が担当することになった。

料理を作る時はいつも通りに髪を結んで、いつものエプロンを着ける。けれどもちろん屋外で料理を作るのなんて初めてで、何もかも新鮮で楽しかった。

「ゆいちゃん、野菜ってこんくらいの大きさでええかな?」

そう言って飛鳥が切った野菜を見せてくる。

「んー。もうちょっと小さい方がいいかな。煮込む時間少ないから、小さめにした方がおいしくなると思う」

「はーい。……にしてもやっぱりゆいちゃん手際いいなぁ」

「ん。お料理は得意だから。けどめぐちゃんもけっこう慣れてる感じだよね?」

「うちは両親共働きで、弟のご飯うちが作ることも多いから。……あと最近は名護くんと結婚した時に備えて花嫁修業もやってるし」

飛鳥はにへっ、と表情を崩して照れくさそうにくねくねしている。

「めぐちゃんって名護くんのこと大好きだよね。……ねぇ、めぐちゃん? ちょっと聞いていいかな……?」

声を潜めたゆいに質問の内容を察したのか、飛鳥も声を落とす。

「なぁに? ゆいちゃん」

「えっとね……？　その、恋人同士ってどんな感じ？　えと、デートの時とか……」

「ゆいちゃんそれ聞いてまうん？　うちめっちゃのろけるで？　んへへ～♡　あんまり言ったら怒られるんやけどな？　名護くんってデートで二人きりの時はあれでけっこうデレてくれるねんで？」

「そ、そうなんだ……」

「それに……この前初めてキスした時とか『ちゃんと責任は取る』って言ってくれたしー♡」

「…………っっっ⁉」

一瞬でゆいの顔がまっ赤になった。

キョロキョロ周りを見回し、さらに声を潜める。

「え？　え？　あの、めぐちゃん？　あの、その……名護くんと、キス、したの……？」

「えへへ～♡　うん♪　ここだけの話な？　中間テストのご褒美で手つなぎデートした時な？　なんかめっちゃいい雰囲気になって、それで初めて……きゃー♪」

心臓がバクバク高鳴っている。

いや、飛鳥と名護は中学の時から付き合っていると聞いていたし、もう高校生なのだからむしろ遅いくらいなのだが、それでも自分の友達である飛鳥と名護がキスしたというのはなんだか、こう、落ち着かない気分になってしまう。

「……め、めぐちゃん。それで、その……ど、どうだった？」

ゆいの質問に飛鳥はニヤニヤ笑う。

「ゆいちゃんもやっぱり興味あるんや？」

「そ、それは………うん」

「うんうん。わかるわかる。それで初めて名護くんとちゅーした時の感想やけどー」

と、デレデレした顔で話していた飛鳥だが、その時のことを思い出したのかみるみるうちに顔が赤くなってきた。

「なんか、もう、ヤバかった。頭ふわふわーってなるんやけど、胸がキューッてなって、めっちゃ幸せやった」

「そ、そんなにすごいの？」

「うん。あれはうちも想像以上やった。それでな……」

話を聞いているだけでドキドキする。

飛鳥と名護のデートの内容を聞いて、それを自分と優真に重ねてみて。

今日告白するつもりで、もしかしたら、今日中に自分と優真も……。

「あいたっ⁉」

「ちょっ⁉　ゆいちゃん大丈夫⁉」

うっかり、包丁で指を切ってしまった。

傷自体は小さいが、じわじわと血が滲《にじ》んでくる。『やっちゃったな』と思っていると——。

ひゃ～～!!!
きゃ～～!!!

「ゆい！　大丈夫か⁉」

騒ぎに気づいた優真がすっ飛んできた。

「あ、うん。ちょっと指、切っちゃって」

そう言って怪我《けが》したところを見せると、優真は傷が小さくてホッとしたのと痛々しそうなのが入り交じったような表情を浮かべた。

「とにかく手当てするぞ。小さくても変なばい菌とか入ったら大変だからな」

「ん」

そうして優真はゆいの手を引いていく。

引率の先生に報告して消毒薬をもらい、水で怪我した場所をきれいに洗って消毒する。仕上げに絆創膏《ばんそうこう》を指にくるりと巻いた。全部優真がやってくれた。

「ユーマ、過保護すぎない？」

「悪いかよ」

「ううん。嬉しい。ありがと」

ゆいはそう言って柔らかく笑う。

――そういえば前にもこんなことがあったなと、ふと思い出した。

優真と出会ってしばらくした頃、一人で優真の家まで行ってみようとして、失敗して。その時に膝《ひざ》を擦《す》りむいて優真に手当てしてもらった。

「どうかしたのか？」

「ん、前にもこうやってユーマに手当てしてもらったことあったなって」

「あー、そういえばあったな」

「あの時はごめんね？　その、ひどいこと言って」

「お前まだそんなこと言ってるのかよ」

　優真はそう言って苦笑いする。

「けどまあ、あれはあれで良かったと思うぞ？」

「そうかな？」

「それまでお互い、ちょっと遠慮してるところあっただろ？　あれがきっかけで俺《おれ》もいろいろ踏ん切りがついたっていうか。……正直、お前を姉貴の店に連れて行くのめちゃくちゃ恥ずかしかったからな」

　初めてネネのお店に行った時、ネネはドレスアーマーに身を包んで出迎えてくれたのだった。

　……あの時の優真はいたたまれない様子で両手で顔をおおってしまっていた。思い出してつい笑ってしまった。

「けど、楽しかったよ？　コスプレとか初体験だったけどネネさんが優しく教えてくれたし」

「姉貴の前でそれ言うなよ？　『仲間発見！』って沼に引きずり込もうとしてくるぞ？」

「ふふ、けど優真といっしょならまたやりたいかな。……ネネさんのお店って衣装のレンタルもやってたよね？」

「あー……うん」

「じゃあ今度、お父さんとお母さんがいない日に家でメイドさんの格好でご奉仕してあげよっか。好きでしょ？　メイドさん」

「そりゃあ、まあ、好きだけど……何度も言ってるだろそういうとこだぞお前……」

その光景を想像したのか、優真は照れたように視線をそらす。

……よく優真のことをからかっているネネの気持ちが少しわかった。こうやって照れている優真は、すごくかわいい。

「……お前って、ホント変わったよな」

「えへへ。ん、自分でもそう思う。……ダメ？」

「いや、俺は今のゆいの方が好きだぞ？」

「……〜〜っ」

「どうした？」

「……ユーマ、わたしのこと無防備だとか言うけど、今のはユーマもそうだと思う」

「え？　……あ、ご、ごめん」

少し気まずい空気が流れかける。

けれど今回、ゆいはもう一歩踏み込んだ。

ちょんちょんと、優真の服を引っ張る。『ん？』とキョトンとした顔の優真にささやくように言葉を紡《つむ》ぐ。

「けど、わたしはユーマに『好き』って言ってもらえるの、うれしいよ？」

そう言うとたちまち優真の顔がまっ赤になった。

言ったゆいも顔がまっ赤で、だけど嬉しそうに表情を綻ばせる。

――以前の自分なら、こんなことを言うなんて考えられなかった。

けど今は、恥ずかしいという気持ちもあるけれど、それ以上に優真が応《こた》えてくれるのが嬉しい。

優真がドキドキしてくれていると思うと自分もドキドキする。大好きでたまらなくて、いろんな表情を見せてくれるたびに胸がキュンキュンする。

†

――楽しい時間はどんどん流れていく。

途中で自分が離れてしまったせいもあってカレーは少ししゃぶしゃぶだったけれど、それも含めて楽しかった。

その後はガイドの人に案内されて山の中を見て回った。

身体を動かすのは正直あまり好きではないけれど、山の中は意外と涼しくて歩いていると心地よかった。

……飛鳥がこっそり持ち帰ろうとしたキノコが毒キノコで、珍しく怒った名護が『毒キノコによる悲惨な中毒症状』を延々と語って聞かせ飛鳥を半泣きにさせていたのが印象的だった。

それから宿泊施設まで移動し、クラスのみんなとお風呂《ふろ》に入った。

体育で着替えるのもまだ恥ずかしいのにお風呂なんて恥ずかしくてたまらない。しかも皆が遠慮無しに優真との関係を聞いてくるので恥ずかしさも倍だ。

さらについうっかりお互いの家にお泊まりしたことがあると言ってしまって、場を収めるのが大変だった。


――少し前の自分では絶対にあり得なかった楽しい時間。優真と出会えたから味わえる幸せな日々。

そして今から、きっと一生忘れられない思い出を作りに行く。

今日最後のイベント、肝試し。ゆいはそこで、優真に告白しようと決めていた。

八話　優真とゆい

少し長めの入浴を終えた優真は広場への道を一人で歩いていた。

この後は本日最後のイベント、肝試し。二人一組でコースを進み、ゴールまで行ったらまた戻ってくるという単純なものだ。

優真はそっと自分の胸に手を当てる。さっきからずっと心臓が鳴りやまない。もちろんこれは肝試しが怖いとかではなくて……優真もこの後ゆいに告白されるのを感づいているからだ。

林間学校で二人きりになれるのはこのタイミングしかない。たぶんもうすぐ、ゆいに告白される。恋人同士になる。そう思うとやっぱり落ち着かない。

(……こういう時ってどういう感じで待てばいいんだ)

そんなことを考えながらスタート地点である広場に行くと、すでに他の生徒達がけっこう集まっていた。その中にゆいの姿もあった。飛鳥《あすか》と話していてまだこちらに気づいていない。

……なんとなく声をかけづらくて、後ろから近づきつつ様子をうかがう。

「めぐちゃん、だいじょうぶ？　なんか、顔色悪いよ？」

「うー……うち、怖いのめっちゃ苦手やねん……。そういうゆいちゃんはこういうの怖ないん？」

「ん、わたしは全然平気。慣れてるから」

「へー、なんや意外やね。ゆいちゃんこういうの怖がりそ……待って今慣れてるって言った⁉」

「あ、うん。えっと、わたしって小さい頃は身体弱くて入院してたんだけどその時によく……あ、ごめん。こういう話はやめといた方がいいよね。寄ってくるっていうし」

「い、いややわー、ゆいちゃんったらそんなうちを怖がらせようと……うわーん名護《なご》くーん！」

そんな飛鳥を見てゆいはクスクス笑っている。

……こうしているとやっぱり不思議な気持ちになる。初めて会った時はコミュ障でまともに外出もできなかったゆいが、こうして友達と楽しそうに話しているのはなんとも感慨深い。

……と、ゆいがこちらに気づいた。優真の顔を見ると顔を赤くして、けれど嬉《うれ》しそうに頬《ほお》を緩めながら、とてとてこちらにやってくる。

「ユーマ、遅かったね？」

「ああ、ちょっと長風呂《ぶろ》してたからな」

「……緊張してる？」

「……まあ、そりゃあ、うん」

「……ふふ♪」

「なんだよその反応……」

「ううん。なんでもない」

「……」

頬を染めながらも柔らかく笑うゆいになんとも言えない気分になり、優真は目をそらした。

そのまましばらく待つと、優真とゆいの順番が回ってきた。

「……行くか」

「……ん」

二人並んで歩き出す。

肝試しとは言っても、事故防止の観点からか整備された夜道を歩くだけ。どちらかと言うと夜の散歩といった感じだ。

「あー……平気か？」

「ん、平気。ドキドキは、してるけど」

「……お前そういうこと言うのは反則だろ」

お互い軽口を言い合って緊張をほぐそうとする。けどどうやっても無理で、徐々に口数が減っていってしまった。

ふと、ゆいが視線を上げる。

「わ……見て、ユーマ」

「ん？」

ゆいに言われて空を見上げると満天の星が広がっていた。

街中では見られない光景。息を飲むほど綺麗《きれい》だった。

「きれい……」

「上ばっかり見てると転ぶぞ」

「ん。だいじょ――わきゃっ⁉」

「おっと」

ゆいは道にあった小さな段差に蹴躓《けつまず》いた。だが優真はすぐにゆいの手を取って支えてやる。

「言ったそばから転びそうになるなよ」

「えへへ、ごめんなさい。けど、ありがと」

そう言って笑い合う。そこからはまた無言のまま、手を繋《つな》いで歩いて行く。


優真はこれまでのことを思い出す。

ネトゲでできた友達が、実は髪が白くてコミュ障の女の子で、その子のコミュ障克服を手伝ってやって。

最初の頃は妹ができたみたいで、かわいくて……けれどそれがだんだん、異性としての好きに変わっていって……。

――ゆいのことが好きだ。かわいくて仕方なくて、ずっと一緒にいたいし、幸せにしたいと思う。

ゆいに視線を向けると、ゆいは照れくさそうにしながらも柔らかい視線を返してくれた。

「……二人きり、だね」

その言葉に心臓が高鳴るのを感じた。

「もうちょっと先まで、行こっか?」

「……ああ」

「……今、ユーマと初めて会った日と同じくらい緊張してる」

「よく考えたらあれからまだ二ヶ月ちょっとしか経《た》ってないんだよな。なんかもう何年も前のことみたいに感じる」

「ん、わたしも。いろいろあったもんね」

「ホントにな」

そう言っていると、ゆいは優真の腕にピトッとくっついてきた。

「く、くっつきすぎだろ?」

「……だめ?」

「だ、駄目じゃないけど、その……胸が……」

「……いいの」

腕に感じる柔らかさが非常に居心地が悪い。だがそれ以上に……服越しでもわかるくらい、ゆいの心臓がドキドキしていた。

二人はそのまままた、しばらく黙って歩いた。

暗い夜道に、虫の鳴き声と土を踏む音だけが聞こえる。

「……ユーマはさ」

再び沈黙を破ったのはゆいの方だった。

「……わたしの気持ち、わかってる……よね？」

ささやくような声で質問……というよりは再確認するように聞いてくる。

「……そりゃあ、うん」

「…………そ、か」

ゆいの返事は耳をすませないと聞こえないほど小さなものだった。

そうしているうちに終点につく。夜景の見える小さな広場だ。

ゆいはするりと腕をほどいて、立ち止まる。優真も足を止めて振り返った。

「………………」

ゆいは無言のままうつむく。優真はそんなゆいを見つめながら、ジッと言葉を待った。

「あの……ね？　ユーマに……伝えたいことがあるの」

「……うん」

「……、……」

ゆいは何も言わない。

いや、何か言おうとはしている。だが声になっていないのだ。

緊張のあまりか声が出ない。必死に気持ちを伝えようとしているのに言葉になってくれない。

じわりと、ゆいの目に涙がにじんでくる。

手を取って助けてやりたいという気持ちも湧《わ》くけれど、優真はゆいの言葉を待った。

ゆいは今、必死に勇気を振り絞っている。優真に気持ちを伝えようと頑張ってくれている。その気持ちを受け取りたい。そう思った。

そして数十秒の時間をかけて、ようやく一言、言葉を紡《つむ》いだ。

「好き……」

今までに何度もゆいには『好き』と言われたけれど、そのどれとも違う万感の想《おも》いが詰まった言葉だった。

「好き……大好き……。これからも……ずっと、ずっといっしょにいたくて……だから……。わ、わたしを、ユーマの恋人にしてください！」

その言葉を聞いて、あまりにもゆいのことが愛《いと》おしくて、衝動的にゆいを抱きしめた。

「俺《おれ》も、好きだ」

耳元でささやくように、ゆいの気持ちに応《こた》える。腕の中で小さくゆいの身体が震えるのを感じた。

少し身体を離す。

ゆいの目からは大粒の涙が溢《あふ》れていて、ボロボロと頬を伝っていた。

「っと、大丈夫か？」

「ん……。えへへ……どうしよ。わたしの初恋、叶《かな》ったんだって思ったら、うれしい……うれしすぎて、止まらない……」

優真はもう一度、ギュッとゆいを抱きしめた。慰めるように頭を撫《な》でる。

「あー……なんかキザったらしい台詞《せりふ》になるけど、俺の胸で涙拭いていいから」

「ん……。ぐす……ふふ、えへへへへ……」

泣いているのか笑っているのかわからないような声を漏《も》らすゆいに、優真も小さく笑ってゆいの髪に顔を埋める。

ゆいが一度しかない初恋をくれた。ゆいと恋人になれた。そう思うともう、ゆいのことが愛しくてたまらない。このまま離したくなくて、つい抱きしめる腕に力がこもってしまう。

「ユーマ……苦しいよ……？」

「ごめん……」

「……ううん。もっとして……？」

そう言って、優真の気持ちに応えるようにゆいもギュッと抱き返してくる。

「ユーマ……好き……」

「うん……」

「好き……大好き……。ずっと、ずっといっしょにいたい」

「ああ。これから先も、ずっと一緒にいような」

まるでプロポーズみたいな言葉になってしまったが不思議と恥ずかしいとは感じない。……むしろ、そういう風《ふう》に聞こえたならそれでかまわない。

ゆいの華奢《きゃしゃ》な体はすっぽりと腕の中に収まって、こうして抱き合っているのが自然な形に感じるくらい、心地よかった。


——どれくらいの間そうしていたのだろうか？

ゆいと身体を離す。

こちらを見上げるゆいの目は、この幸せにのぼせてしまったかのように潤んで、とろんとしていた。

「ユーマ……」

小さな声で名前を呼んで、ちょんちょんと服を引っ張ってくる。

まるで小さな子どもが頑張ったご褒美を欲《ほ》しがっているような表情。それでゆいが何をして欲しいのかすぐにわかった。

緊張するし、『そういうのはまだ早い』と逃げ出したくなる。

けれどそれ以上に、勇気を出して告白してくれたゆいにこの気持ちを返したい。ゆいの気持ちに応えたい。それに……もっとゆいと近づきたい。

ゆいの細い肩に手を置く。ゆいは少し視線をさまよわせて、目を瞑《つぶ》って、おずおずと顔をこちらに向けた。

目を閉じた無防備な姿に心臓が激しく鼓動する。顔が熱くなる。けれど勇気を出して、ゆいに顔を近づける。

「ん……」

そっと、唇を重ねた。

ゆいはピクンと震えて、そのまま受け入れてくれた。

柔らかくて、温かい唇だった。

「んぅ……」

ほんの数秒。触れ合うだけのキスではあったけれど、今までの人生で一番幸せな一時だった。

唇を離すと、ゆいはそっと目を開いた。頰を染めながら、自分の唇に指先で触れてへにゃりと笑う。

「………ファーストキス、しちゃったね……」

「ああ……その、ありがとう」

「えと、こちらこそ?　えへへ……すっごく、ドキドキして、幸せだった」

「俺も……」

嬉しくもあり、恥ずかしくもあって、ぎこちなく返事をする。

一方のゆいはまだ少し夢見心地というか、目がとろんとしていた。ちょんちょんと、また優真の服を引っ張ってくる。

「ね……ユーマ……?」

「ん……?」

「もういっかい……しよ……?」

「……そのおねだりは反則すぎるだろ……」

「……だめ?」

「……駄目なわけないだろ」

ゆいは優真を見上げ、もう一度目を閉じた。優真もそれに応えて唇を重ね――――ようとした瞬間だった。

「わきゃあああああっ⁉」

飛鳥の悲鳴が聞こえた。二人とも飛び上がるほどびっくりして、それで反射的にゆいと離れてしまった。

何事かと思って見ると山道を飛鳥が突っ走ってきた。

「あ、飛鳥⁉　ど、どうしたんだよ」

「お、お化け！　お化け出た！　名護くんと歩いてたらなんか柔らかいのが首筋に……」

「……名護は？」

「え？　あ、置いてきてもうた」

しばらく待つと名護が息を切らせて追いついてきた。

「ハァ……ハァ……飛鳥、急に走り出すな……危ないだろう……」

「や、やって、なんか首筋にガバッて……」

「心配するな。手のひらぐらいの大きさの蛾《が》が止まっただけだ」

「いやそれもうち的に十分ホラーやねんけど⁉」

……そうやってキャーキャー騒ぐ飛鳥と名護を見ているうちに――冷静になってしまった。

「…………」

「…………」

チラリとゆいの方を見る。目が合った。

――さっきはキスまでした二人だが、それはその場の勢いというか、気持ちが盛り上がっていたというか……とにかく、一度冷静になってしまうともう駄目だった。恥ずかしくてつい目をそらしてしまう。

「……か、帰るか」

「そ、そだね」

そう言って、飛鳥と名護に続いて帰っていく。なんとも締まらない結果になってしまった。

――けれど、心はもう繋がっている。

どちらともなく手を繋いだ。指を絡《から》めて、お互いの気持ちを確かめ合うように握りあう。

ふわふわした幸福感に包まれながら、二人は帰っていった。

†

「えへ、えへへへへ……♪」

一夜明けて、帰りのバスの時もゆいはずっと頬が緩みっぱなしだった。

「お前さっきからにやけすぎだぞ」

「わかってるんだけど……嬉しくて、夢みたいで……」

気持ちはわかる。優真も昨日からずっと顔がにやけるのを我慢している。

それにゆいが自分と恋人になれたのをこんなに喜んでくれるのはやっぱりかわいい。もっと喜ばせたくなってしまう。

手を上げてふわふわとゆいの頭を撫でると、ゆいはへにゃりと表情を緩めてなすがままになってくれる。

……周囲から女子達のニマニマした視線と男子の嫉妬《しっと》のこもった視線を感じたが、今はもうゆいを優先して気にしないことにした。明日には後悔することになるかもしれないが。

「けど、一個だけ残念なことがあるんだけどね？」

「うん？」

「お互いの呼び方。えっと、ほら、漫画とかで付き合いだした二人がこれまで名字で呼び合ってたのが名前で呼び合うようになったりするのとかあるでしょ？　あれ、ちょっと憧《あこが》れてたから……」

「あー、俺達最初から名前で呼び合ってたからな」

そういうのに憧れるあたり、ゆいも女子なんだなと微笑《ほほえ》ましくなった。

――と、ゆいは何かを思いついたのか、おずおずと優真を見上げる。

「こ、これからもよろしくね？　ダ、ダーリン♡」

「…………」

「……ごめん。い、今のなし……忘れて……」

「……無茶《むちゃ》言うな」

……正直、想像以上にやばかった。甘えた声で『ダーリン♡』なんて呼ばれるのがこんなに破壊力があるなんて思わなかった。

心臓がバクバク暴《あば》れている。ゆいのことが愛おしくて、かわいくて、もうどうにかなってしまいそうだった。

ただ男の見栄《みえ》というか、あまり女子にデレデレした顔を見せたくない。頑張ってポーカーフェイスを保つ。

「あー……まあ、あらためてこれからもよろしくな？」

「う、うん。よろしくお願いします」

そう言うと、ゆいは何か迷ったように視線をウロウロさせた。

「どうした？」

「あ、えと……」

ゆいは恥ずかしそうにモジモジしながらスマホを取り出した。すいすいと文字を入力して、送信。

ペコン♪　と優真のスマホにメッセージが届く。

『昨日の続きも、またいつかしようね？』

そこで恥ずかしさが限界に来たのか、ゆいは顔をまっ赤にして反対側を向いてしまった。

「ホントそういうとこだぞお前……」

一方、同じくらい顔を赤くした優真も手で顔をおおっていた。ちょっと、口元が緩んでしまうのが治りそうにない。

(俺はもう、ダメかもしれない……)

そんな二人を乗せて、バスは日常へと帰って行った。

EPILOGUE エピローグ 『ずっと友達でいてね』と言っていた女友達が友達じゃなくなるまで

「いいゆーくん。ゆいちゃんと付き合うことになったのはいいけど、それで何しても良いわけじゃないからね?」

「わかってる。わかってるから。何度目だよそれ」

朝食時。何度も何度も同じことを言ってくるネネに優真《ゆうま》は若干うんざりしていた。

なんだかんだネネには世話になったし、付き合うことになったことくらいは報告しとこうとこの顚末《てんまつ》(キスしたことは流石《さすが》に秘密にした)を話したのだが、それ以来何度も同じ注意を受けている。

「あのな。確かにその……ゆいと付き合うことにはなったけど、だからって変なことする気とかまったくないからな。もうちょっと弟を信頼しろ」

「お付き合いした日にチラッとでもそういうこと考えなかったって胸をはって言えるなら信頼してあげる」

「…………べ、別にないし」

「今明らかに目をそらしたわね」

優真の反応にネネは苦笑いする。

「いや別にいいのよ？　高校生の男の子なら当たり前のことだと思うし。それにゆーくんがゆいちゃんのこと大切にしてるのもよくわかってる。ただね？　ゆいちゃんってただでさえあの距離感でしょ？　そうでなくともゆいちゃんってゆーくんのこと大好きすぎだし……だから、そのー……獣《けだもの》になっちゃ駄目よ？」

「だからそういうゆいを泣かせるようなことはしないから！　……あいつのこと、大事にしたいし……」

「………………」

「なんだよその菩薩《ぼさつ》みたいな顔は」

「いやもう、これ以上あれこれ言うのは野暮《やぼ》かなって。うん、末永くお幸せにね？」

優真は渋い顔で朝食のトーストをかじる。

実際、優真がネネの立場だったら同じような心配をするだろうし強く反論できない。

だがもちろん、ゆいのことをすぐにどうこうするつもりはまったくない。

彼氏彼女の関係になったとはいえ、ゆいが親友で妹のような存在であることも変わらない。

まあ、やはり男子高校生としては恋人という関係が続けばいずれはそういうことも……と思わないでもないけれど急ぐつもりはない。ゆいのことはめいいっぱい大切にして、幸せにしたいと思う。

……ただ正直、キスはまたしてみたいと思ってしまっている。

顔をまっ赤にして、緊張に震えながら目を閉じていたゆいの表情が、柔らかな唇の感触が頭から離れない。

あの時のことを思い出すともう、ゆいのことが愛《いと》しすぎてジッとしていられないというか……。

「……ゆーくん？」

「……なんでもない」

その後、準備を済ませて家を出た。

ゆいの家に向かう間も、ずっと胸がドキドキしていた。

(別に恋人同士だからって今まで通りでいいんだよな？)

そわそわしつつ自分の身だしなみをあらためて確認する。今朝《けさ》は普段は使わない整髪料で髪を整えたりもした。なにせ人生で初めての恋人だ。かなり浮き足立ってしまっている。

けれど、すごく楽しい。

ゲームで未知の強敵と戦う時の何倍も高揚している。早くゆいと会いたくてつい早足になっている。

そうこうしている間にゆいの家の前まできた。

もう一度深呼吸。少しためらいがちにインターフォンを鳴らす。

するとーーおそらく玄関で待っていたのだろう。すぐに扉からゆいが顔を出した。

「おはよう」

「お、おはよ……」

ゆいはそう挨拶《あいさつ》すると家から出てきてとてとてと、緊張した様子で優真の前に来る。

恥ずかしがっているようで優真の顔をまともに見られていない。顔をまっ赤にしながら様子を見るようにチラチラと視線を送ってくる。

……バスの時は嬉《うれ》しさが勝って浮かれていたようだが、少し落ち着くと恥ずかしくなってしまったのだろうか？

そんな姿もかわいくて、愛おしくて、抱きしめないように我慢するのが大変だった。

ーーと、ゆいはおもむろにスマホを取り出すと何か文字を打ち始めた。

ペコン♪　と優真のスマホが鳴る。内容はもちろんゆいからのメッセージだ。

『念のため確認させてください』

『おう？』

『林間学校でのあれって、夢じゃないよね？』

『ちゃんと現実だぞ』

『わたしの勘違いとかでもないんだよね？』

『あれは勘違いしようがないだろ』

次のメッセージが来るまで少し間が空いた。

『わたし達ってもう、恋人同士なんだよね？』

『はい』

――そうメッセージを返すとゆいは湯気でも出そうなくらい顔をまっ赤にして、嬉しさと恥ずかしさが入り交じったような表情で身悶《もだ》えしていた。なんだこのかわいい生き物。

『ところで何でさっきからチャットなんだ？』

『ユーマと恋人同士だと思うと恥ずかしくてまともに顔見られないんです……』

チラリとゆいの方を見るとゆいは頑張って優真の顔を見ようとしていた。

だが目が合うとすぐにぴゃっと、スマホに隠れるように小さくなってしまう。ホントになんだこのかわいい生き物。

……そんな姿を見ていると、ちょっと、我慢できなくなってきた。

「……ゆい、その……ちょっとだけ、いいか？」

「え？　あ……」

ゆいの身体に手を回してギュッと抱きしめた。暖かくて、柔らかい感触が心地いい。愛しくて、愛しすぎてもうどうにかなってしまいそうだった。

「あ、あの、ユーマ……えと、家、お父さんとお母さんいるから、見られたら恥ずかしいから、あの、あの……」

そう言われてゆいの身体を離す。

ゆいはもう恥ずかしすぎたのか軽く涙目になっていた。

「……ごめん」

「う、ううん。は、恥ずかしいだけで、嬉しいから。だから、その……」

ゆいは上目遣《うわめづか》いで、ちょんと優真の服をつまむ。

「また今度……二人きりの時に……ね？」

「……おう」

その言葉に優真もゆいと同じくらいまっ赤になってしまった。『姉貴にああ言ったばっかりなのに何やってんだ俺《おれ》』と片手で顔を覆《おお》う。

「と、とりあえずそろそろ学校に向かおうか」

「う、うん。そだね」

そうして少しギクシャクした動きで歩き出す。

……やっぱり地に足が着かない感じだ。いつもの道なのに足元がふわふわしている。

何よりこう……こんなかわいい女の子が自分の彼女で、自分のことを異性として好きなのだと思うと、上手《うま》く言えないが心の中に湧《わ》き上がってくる気持ちがある。

ゆいの方も夢うつつというか、なんだか顔がポーッとしてしまっていた。

「……手、繋《つな》ごうか」

そう提案するとゆいの肩がビクッと跳ねた。

「恥ずかしいなら無理にとは言わないけど……」

ゆいは首を横にブンブン振る。そして今度はコクコクと首を縦に振った。なんだかもう、ゆいが何をやっていてもかわいくて仕方ない。

そっと手を繋いだ。お互いの指を絡《から》め、恋人繋ぎにする。ゆいの手はやっぱり小さくて柔らかい。こうしてやわやわと握り合っているだけで幸せな気持ちになってくる。

ふと、入学式の日のことを思い出した。

あの日もこうして手を繋いで学校に向かった。もうずいぶん昔のことのような、つい昨日のことのような、不思議な感覚だった。

「……ちょっとゆっくり歩こうか」

「……ん。ゆっくり、行こ」

そう声をかけ合う。まるで『ずっといっしょにいたい』というように、ゆいが優真の手をギュッと握ってきて、そんなゆいの手を優真はギュッと握り返す。

そうして二人は、駅までの道をゆっくり歩いていった。

「ずっと友達でいてね」と言っていた女友達が

友達じゃなくなるまで

あとがき

ツイッターの方で私をフォローしてくれている方はご存じと思いますが、この作品は二巻で打ち切りの危機にありました。

けれどたくさんの人達が応援してくれたおかげで、こうして二人の恋の結末を描くことができました。本当にありがとうございました。

この物語はここでいったん終幕となります。

ここまでいかがだったでしょうか？　私が心から愛したこの作品が、皆様からも愛され、長く記憶に残るものであれば嬉《うれ》しく思います。

前担当のぺんぎー様。たくさんお世話になりました。ここからは新担当のさわお様と素敵な作品を作っていきたいと思いますので、どうぞよろしくお願いします。

イラストを担当してくれたmaruma(まるま)様。毎回素敵なイラストをありがとうございました。どのシーンを描いてもらうか考えるのが楽しくて、送られてきたイラストを眺めるのが嬉しくて、すごく幸せな日々でした。

あといただいた感想、すごく嬉しかったです。また一緒にお仕事する機会があったらよろしくお願いいたします。

最後にあらためて、ここまで応援し支えてくれたファンの方々、本当にありがとうございました。

皆様に支えられて出すことができたこの第三巻が、皆様の期待に応《こた》えられるものであったなら嬉しいです。

次に出す作品がいつどんなものになるかはわかりませんが、必ずまたこの世界に戻ってきますので、これからも応援していただけると心強いです。

上城《かみしろ》ゆいという女の子が頭に浮かんでから、もう二年半ぐらいの付き合いになるのかな？

いやあ、本当に本当に、素晴らしい日々でした。

◆おまけ◆

『ずっと友達でいてね』と言っていた女友達が友達じゃなくなったあと

◆◆◆

地方にあるこの街だが、駅の周りはけっこう開けており遊べる場所も多い。

なので駅前広場にある時計台はこの辺りに住む人達の間では定番の待ち合わせ場所だ。

「お、いた」

優真《ゆうま》は遠目に、時計台の前で待っているゆいの姿を見つけてそう呟《つぶや》く。

一応待ち合わせ時間の十分前に来たのだが、ゆいはすでにそこにいてそわそわしながら優真が来るのを待っていた。

……なんとなく、少し離れた位置からゆいの姿を見守る。

白い髪が珍しくて視線を向ける人もいるが、ゆいの方はそういった視線に少し気恥ずかしそうにしながらも怯《おび》えたりするような感じはなく、堂々としたものだ。

それになんというか、おしゃれをしてそわそわしながら待っている姿は『これからデートです！すっごく楽しみです！』という幸せオーラが全身から滲《にじ》み出ている。

何度もスマホで時刻を確認して『まだかな？　まだかな？』と言わんばかりに周りをキョロキョロ。

遠くからしばらくそんなかわいらしい様子を眺めていたが、ゆいの視線がこちらに向く。どうやら見つかってしまったようだ。

優真の姿を見るなりゆいは照れと嬉《うれ》しさが入り交じったような笑顔を浮かべ、小さく手を振る。

本当に、フードを被って縮こまっていた頃を思うと大した成長だと思う。

「お待たせ。待ったか？」

「ううん。今来たとこ。……ふふ、テンプレだね」

「そうだな」

二人でくすりと笑い合う。

先日想《おも》いを伝え合い晴れて恋人同士となった二人だが、今日は記念すべき恋人としての初デートだ。そしてゆいの提案で、初めて出会った時のことを踏襲したいのだと言う。

ゆい的には初めて会った時不甲斐《ふがい》ない姿を見せたことへのリベンジマッチなのか、それとも成長した姿を見せたいのか、どちらにせよかわいくて仕方ない。

（ヤバいなぁ……これ）

顔がにやけそうになるのを必死に堪える。

正直、自分とゆいが恋人同士ということに未《いま》だに現実感がない。だがこうやっているとゆいが自分のことを異性として大好きでいてくれてるんだと実感が湧いてくる。

「じゃあ、行くか」

「ん。行こ♪」

二人が向かうのはいつものネットカフェだ。

……最初はなんとなく気恥ずかしくて普通に並んで歩いていたけれど、思い切って優真の方からゆいの手を取った。

それを待っていたかのようにゆいは嬉しそうに笑って握り返してくれる。お互いの手を重ねて恋人繋《つな》ぎにする。

「お前とリアルで会うことになってからまだ三ヶ月経《た》ってないんだよな。本当に変わったよなお前」

「自分でもそう思う。最初とか逃げちゃったもんね、わたし」

「今は平気か？　人の視線とか」

「ん、だいじょうぶ。それにその、ユーマのことで頭がいっぱいで、気にする余裕がないっていうか……」

「……ホント、ゆいはかわいいなぁ」

気持ちが緩んで、つい声に出してしまった。

「えへへ♡」

ゆいは幸せそうに笑うと優真にぴっとりくっついてくる。髪から香る花のような匂《にお》いにまたちょっと心臓の音が速くなるのを感じた。

「ふふ♪　ユーマも、かわいいよ？」

「そこは男としてはかっこいいって言われたいところだけどな」

「んー、ユーマはかっこいい時はかっこいいけど、今はかわいいかな？　さっきからずっと嬉しそうにニコニコしてるし」

「……あんまりにやけないようにしてたつもりなんだけど、にやけてたか？」

「うん。わたしがくっついた時とかすごく変な顔してた」

「仕方ないだろ。好きな女子にくっつかれたら」

甘ったるい会話が少し恥ずかしかったけれど、ゆいがふにゃふにゃと嬉しそうに笑っているので良しとした。

「♡」

歩きながら、ゆいがじゃれつくようにポフポフ身体を押しつけてくる。

「こら、危ないだろ」

「えへへ♪」

「まったく……」

優真は呆《あき》れるような口調で言いながらも口元は緩んでいた。ゆいの何もかもがかわいくて、幸せで、抱きしめたいほど愛《いと》おしい。

なんかもうバカップルに片足……どころか両足つっこんで腰あたりまで浸《つ》かってしまっている

気がするがゆいが幸せそうなので気にしないことにする。

程なくしてネットカフェに到着した。初めて会った時は道のりが果てしなく遠く感じたけれど今ではもうあっという間に感じる。

「ユーマ、わたしが受付してみていい？　あんまりこういうのはしたことないから、慣れときたい」

「おう。やり方わかるか？」

「ん。だいじょうぶと思う。いつも見てたから」

「そうか。じゃあ頼む」

そう言ってゆいに任せる。今日受付をしているのは春休みの時に何度も顔を合わせていた大学生くらいのお姉さんだ。少し緊張気味なゆいを微笑《ほほえ》ましそうに見つめながら受付を済ませていく。

「あ、現在キャンペーン中でして、ツインルームではカップル割というものが……」

「受けます！　カ、カップルです！」

カップル割に食い気味に食いついたゆいに、ついつい店員さんも優真も笑ってしまった。

何はともあれ部屋に入る。フラットルーム、靴を脱いでマットに上がる形式の部屋。

足を伸ばしてくつろげるので、ゆいと一緒に来た時はだいたいいつもこの部屋を選んでいる。

「……っ」

部屋に入って扉を閉めた時、自分の胸が高鳴るのに気づいた。

ゆいとは何度もこの部屋を利用しているが、恋人同士になってから来るのは初めてだ。

――恋人同士がこんな狭い密室で二人きり。

優真も思春期真っ盛りの男子高校生だ。ついつい変に意識してしまう。

そうこうしている間にゆいは靴を脱いでマットに上がる。

小さくて形のいい足。かがみ込んで靴を並べる所作。今までなら特に気にしなかったそんなことまで変に意識してしまう。

「あ、あの、ユーマ？　あんまり見つめられると恥ずかしい……」

「わ、悪い」

ゆいも緊張してきたのかほんの少し声がぎこちない。ちょこんと座椅子《いす》の上に腰を下ろし、優真もその隣に腰を下ろす。

「…………」

「…………」

数秒、何やら変な沈黙が流れてしまった。この空気をなんとかしようと、どうにか声を絞り出す。

「な、なんか変に緊張するな」

「そ、そだね」

「と……とりあえずゲームするか」

「ん」

そう言ってグランドゲートを起動しながらなんで自分はここまでドキドキしているんだろうと少し考えたが、その理由はすぐに気づいた。

ゆいは今まで、無自覚で無防備だった。

けれど今は明らかにいろいろ自覚している。なのに無防備なのはそのままで……。

それは『優真は何もしない』という信頼の表れなのか……それとも……なんてことも少し考えてしまって……。

(何考えてんの俺《おれ》⁉)

優真は心の中で自分をぶん殴った。

「ユーマ、どうしたの？　もうログイン画面出てるよ？」

「あ、いや、大丈夫。何でもない」

あらためて深呼吸。無理やり煩悩を振り払ってコホンと咳払《せきばら》いした。

「それで今日は何をしようか？　俺は何でもいいぞ？」

「んー」

ゆいは少しの間考える。そして何か思いついたのか、ほんのりと恥ずかしそうに頬《ほお》を染めながらカタカタとキーボードを叩《たた》く。

『遊ぶ前に少し相談したいんだけどいいかな？』

『ああもちろん。何の話だ？』

『お付き合いすることになったけど、お付き合いってどういう感じにしていけばいいのかな？』

『別に基本は今まで通りでいいんじゃないか？』

『そうなんだけどなんと言うか、あらかじめ話し合って心の準備をしておきたいと言いますか……』

（心の準備ってこいつ俺が何すると思ってるんだ……？）

正直ちょっと悶々《もんもん》とした気持ちになったがとりあえず真面目《まじめ》に考える。

……はっきり言って、自分達はかなり段階をすっ飛ばしていると思う。

手を繋いで、ハグして、何もしていないとはいえお互いの家にお泊まりまでしてしまった。こういうのは普通付き合ってからするものだろう。

しかも告白した時にキスまでしてしまったし、それ以上となるとそれこそ……一緒にお風呂《ふろ》とか……そういう、何というか、大人な関係というか……。

本音を言えば、いずれはそういうこともしたい。男子高校生ゆえそんなことを考えるのまでは許してほしい。

ただそれ以上にゆいのことは大事にしたい。ゆいが傷つくようなことはしたくないし、がっつきすぎるのも良くないと思う。

『あー……とりあえず今まで通り手は繋ぎたい』

『ん。それはわたしも。他には?』

『えーっとですね。ゆいさんさえよければ、ハグとかもしたいです』

『それもだいじゅぶです。ユーマくんとくっつけるのわたしもうれいsです』

……すでにまっ赤になって誤字だらけになっているのだが本当に大丈夫なんだろうか?

ただこうやってゆいが恥ずかしがったり照れてくれたりするのは、正直すごく嬉しい。だから
つい、さらにもう一歩踏み込んでしまった。

『……キスもまたしていいですか?』

そう打ち込むとゆいはもう限界というか、膝《ひざ》に顔を埋めて丸くなってしまった。

けれど少しすると顔を上げて、そろりそろりと細い指がキーボードを叩く。

『はい』

そんな姿を見せられたら優真もたまらなくて、しばらく二人一緒に膝に顔を埋めていた。

『……ねえユーマ、ちょっと恥ずかしい質問してもいい?』
『な、なんだよ』
しばらくして落ち着いてきた頃、ゆいがそんなことを聞いてきた。ようやく回復してきたとこ
ろにまた追い打ちをかけるつもりかと優真は若干身構える。

『ユーマって、いつ頃からわたしのこと好きになったの？』

『マジで恥ずかしいこと聞いてくるな⁉』

『だって気になるもん！　最初の頃は明らかに妹扱いされてたし、いつ頃からわたしのこと女の子って意識してくれるようになったのかなって。あ、答えにくかったら答えなくてもいいよ？』

『いや別にいいけど』

優真は少し考える。

それまでもゆいのことはかわいいと思っていたが、本格的に異性として意識するようになったのはやはりネネの店に連れて行った辺りからだろうか？

『姉貴の店でおしゃれとか覚えた辺りからかな？　それまでも正直ちょっと意識してたけど、あれからどんどんかわいくなっていって、それで完全にやられたというか……』

『ユ、ユーマもけっこう恥ずかしいこと言ってくるね』

『振ってきたのお前だろ』

『ちなみにその時のコスプレとかはいかがでした？』

『めちゃくちゃかわいかったです』

『ユーマくんがして欲しいならまたやってあげますよ？　メイドさんとか。メイドさんとか。お好きですよねメイドさん』

『機会があればよろしくお願いします』

そんなやり取りをしていると、恥ずかしいのに自然と口元が緩んでしまう。

お互いの好意を隠さない会話というのは、照れくさいけどなんだかすごく幸せだ。

『けどその時から意識してくれてたんなら、その上でわたしが言った『ユーマがわたしのこと好きなら付き合うよ?』っていうの断ってくれたんだね』

『そりゃあ今までのお礼に付き合うっていうのは絶対違うだろ。確かにお前のこと気になってはいたけど、むやみにがっつくようなことはしない』

『ふふ、ユーマのそういうとこ好きー。……ん、嬉しかったよ? わたし、ホントに大事にされてるんだなーって。元々好きだったけどなんというか……好感度が限界突破したっていうか』

そこからスキンシップが激しくなっていろいろと大変だった。優真はその時のことを思い出して苦笑いする。

『そういうお前はいつから俺のこと好きになったんだ?』

お返しとばかりにそう送信すると、ゆいが恥ずかしさと恨めしさが入り交じったような視線をチラリと送ってきた。

『わたしは最初からユーマのこと大好きだったよ?』

『こら、俺は言ったんだからごまかすな。……実際気にはなってたんだよな。お前って以前は俺のこと完全に兄貴分みたいな感じに見てただろ? それがいつ頃からそういう好きになったのかなって』

『……何言っても引かない？』

『まあ、ちょっとやそっとじゃ引かないと思うけど……』

『ユーマがわたしの家にお泊まりした時、一緒に寝たよね？』

『お、おう』

『あの時、ユーマとキスする夢を見ました』

「っ⁉」

危うく吹き出しそうになった。隣に座るゆいは耳までまっ赤にしつつも、追い打ちをかけるようにさらに文字を打ち込む。

『そんな夢を見て、びっくりしたけどドキドキしました。たぶんそれ以前からユーマのこと好きだったんだと思うけど、それで自分がユーマのこと、男の子として好きなんだって気がついて、そしたら急に恥ずかしくなって、しばらくまともに話せなくなりました』

『ストップストップ！　流石《さすが》にもう恥ずかしいからやめようというかやめて⁉　というかお前も恥ずかしがってるだろ自爆気味だろお前⁉』

『恥ずかしいけどユーマくんがそうやって照れてくれるのは嬉しいのです。……ただちょっともう限界なのでそろそろ自重します』

二人ともまた顔を赤くして会話が途切れる。何回やるんだこの自爆合戦。

（あー……やばいなこれ）

顔がにやけるのを堪えられない。これは慣れるまでしばらくかかりそうだ。二人とも恥ずかしさをごまかすようにゲームの方に意識をやり、冒険の準備を整える。

『そういえばいろいろ新しい家具が追加されたけどどうしよっか？』

『あー、なんか特殊効果ある家具が増えたんだっけ』

先日グランドゲートに結婚が実装されて一つの家で一緒に暮らすカップルが増えたのだが、それに合わせていろいろな効果がある家具が大量に追加されたのだ。

『とりあえずフェニックス印のベッドは買うよね？　効果は小さいけど寝るだけで全ステータスアップは絶対腐らないしバフが乗算になるから最終値意外と変わるし』

『ああ。それと招きケット・シーもな。レアドロップ率上昇は早めに買っといた方が絶対いいし』

『えへへ……』

『どうした？』

『なんかこうやって家具の話してると新婚さんみたいだね』

『さっき自爆したばっかりなのにまたそういうこと言う……』

『だって愉《たの》しいもん……』

『たのしいの字それでいいのか⁉』

隣を見るとゆいはやっぱり恥ずかしそうに頬を染めていたが、その口元は嬉しそうにヒクヒクしていた。必死ににやけるのを我慢している感じだ。

……たぶんゆいも、心から嬉しくて浮かれているのだろう。だから恥ずかしくてもそういう話をするのを我慢できなくなっているのだ。

自分と恋人になれたのをそんなに喜んでくれてるんだと思うとかわいくて仕方ない。優真も恥ずかしくてたまらなかったが乗ってあげることにした。

『実際ゲームの中だと新婚さんだしな俺たち。……現実で結婚できるようになるのはもうちょっと先だけど』

『ユーマそれほんあそくだろおもいまっｓ』

『落ち着けもう何言ってるかわかんないぞｗｗ』

優真も同じくらい顔が赤かったし後で恥ずかしさにのた打ち回ることになりそうだが、せっかくの恋人としての初デートだしゆいを喜ばせること優先で我慢する。

しばらく顔をまっ赤にして悶《もだ》えていたゆいだが、少しすると震える手を伸ばしてカタカタと追加のメッセージを入力した。

『ねえユーマ、新婚さんごっこしない？』

チャット画面にそんなメッセージが表示される。優真は少し目をぱちくりさせた後、キーボードを叩いてメッセージを返す。

『新婚さんごっこ？』

『うん。他の人がゲームの中でイチャイチャしてるの、ユーマは見たことない？　あれやりたい。……リアルでやるのやっぱりまだ恥ずかしいし、わたしゲームの中の方が素直になれるし』

グランドゲートに結婚が実装された頃から、公にカップルとして行動するプレイヤーを見ることが多くなった気がする。中にはゲーム内で結婚したのがきっかけでリアルで結婚した人もいるんだとか。

で、中には周りに見せつけたいのかオープンチャットでイチャつくカップルもいる。……『愛してるよハニー♡』『私もよダーリン♡』なんてやってるのは正直見せられる方の身にもなってほしいが。

『……あれやるの？』

『うん。……嫌かな？　嫌ならいいけど』

『いや、お前がやりたいならやるけど。ただし個別チャットでな？』

『それはもちろん。流石に他の人に見られるのは恥ずかしいし……。じゃあはじめるね？』

『わかったよマイハニー』

『……普通にシュヴァルツって呼んで。その呼び方はユーマっぽくない』

『わがままなやつだなｗｗ』

そんなやり取りに二人とも笑みをこぼす。正直けっこう照れくさいが、こういうやり取りもなんだかんだ楽しい。

『それで新婚さんごっこって言っても、何するんだ？』

『まずは子供の養育費の話をしましょう』

『はい？』

『結婚システムの実装で子供を作れるようになりましたが、戦力になるレベルまで育てるとなるとまだまだお金がかかります。ですが私たちは先に装備や家具を新調してしまったのでお金が足りなくなってしまいました。なのでまずは金策を考えましょう』

『いきなりシビアな話から入るのなお前⁉　いやまあ実際金策が必要なのは確かだけど⁉』

『現実でもゲームでも先立つものは必要なのです。……それでなにやって稼ごっか？』

『やっぱり定番は交易品運びかな。この前買った新しい荷車の性能も試してみたいし』

『ん。あと最近だと家庭菜園もありじゃないかな？　前は時間効率微妙だったけど修正入ってかなり美味《おい》しくなったし』

『じゃあ手分けしてやるか？　そっちの方が効率いいと思うけど』

『わかった。じゃあユーマが外で働いてる間、わたしは家庭菜園と家のことやっとくね』

『おう。了解』

『ふふ、こういうのもなんだか夫婦っぽいねー♪』

『そういうもんか？』

　そんなことを話しつつユーマはテキパキ準備を済ませ、交易品を荷車に載せて目的の街まで移動を開始する。

道中では盗賊やモンスターが妨害してくるがユーマのレベルだとそうそう苦戦するようなことはない。近づいてくる敵を魔法で吹っ飛ばしつつ、ゆいの方の画面に目をやる。

ゆいは機嫌良さそうに家庭菜園に肥料をやったり消耗品を買い足したりしていた。なるほど、確かに夫婦っぽいかもしれない。

（……結婚、かぁ）

ゆいの両親は高校生のうちに結婚したと言うし、そういうのに憧《あこが》れたりしているのだろうか？

……少し前までの優真にとって結婚は遙か遠い世界の話。もしかしたら俺もいつかするのかな？　という程度のものだった。

だがゆいと付き合うことになって、一気に距離が近づいた気がする。

もし優真とゆいがこのまま恋愛関係を続けていけば、いずれはそうなるわけで……そして少なくとも今のところ、自分がゆいを嫌いになったりなんて想像できないわけで……。

（俺がゆいと結婚できるまであと二年ちょっとか……）

………。

（いやいやいやいや。ゆいの両親がそうだったからって高校生のうちに結婚とか普通に早すぎるからな？　そういうのはもっと慎重にというか、せめてちゃんとした就職先を見つけて収入が安定してから……）

　──少なくともゆいと結婚することを前提に考えている自分に気づいて死にそうになった。

「ユーマ？　どうかしたの？」

「な、なんでもない……」

　そのまましばらく手分けして金策に励む。

　一仕事終えて帰ったユーマをシュヴァルツは玄関で迎えてくれた。

『おかえりなさい。ご飯にする？　お風呂にする？　それとも……わ、た、し？』

『それ、お前って言ったらどうなるんだ？』

『え？　……あぅ』

『恥ずかしがるなら自分から言うなよw』

　そう言いつつも、優真もなんだか恥ずかしくなってしまった。けれどそんな恥ずかしさすら心地よく感じてしまっている。

『逆にお前は何かしたいこととかあるか？』

『……もっとユーマとくっつきたいです』

『くっつきたい？』

　その答えに首を傾《かし》げつつ、ゲームの中のユーマをシュヴァルツにくっつけてみる。

　すると横から、クイクイと服を引かれた。

「ゆい？」

「……ゲームじゃなくて、リアルで……」

ゆいは恥ずかしがりながらもおねだりするような目でそう言ってくる。その仕草があまりにいじらしくて優真はゴクリと生唾を飲み込んだ。

「あー……じゃあ、ここ、来るか？」

優真があぐらをかいて座っている自分の足をポンポンと叩くと、ゆいは小さく頷《うなず》いた。

少し腰を浮かして、優真の足の上にポフッと腰を下ろす。

「お、重くない？」

「あ、ああ、だいじょうぶ……」

本音はゆいのお尻《しり》の感触に悲鳴を上げそうになっていたがなんとか我慢する。

ゆいはもぞもぞ動いて座り心地がいい場所を見つけると優真にもたれかかってきた。密着するゆいの身体の感触と体温にただでさえ騒がしかった心臓がまた高鳴ってしまうのを感じた。

「…………」

優真はそっとゆいの腰に手を回す。

正直女子の身体に自分から触れるのはまだ抵抗がある。けれどこうするとゆいが喜んでくれるのは流石にもうわかっているので、勇気を出してギュッと抱きしめる。

「あう……」

「……これでいいか？」

「ん……えへへ、ユーマにぎゅってされるの、きもちいい……♡」

「……あんまりかわいいこと言うなよ」

そう言って、優真はゆいのさらさらの髪に軽く頬ずりする。

いつしか二人とも、ゲームそっちのけでイチャイチャすることに夢中になっていた。

ゆいのことがかわいくて仕方なくて、頬に当たるサラサラした髪の感触がすごく心地いい。ただ、ゆいの髪をくしゃくしゃにしたら悪いかなと思って少ししたところで顔を離す。

すると今度はゆいの方が体勢をずらして優真の胸に頬ずりしてきた。

そんなゆいの頭をふわふわ撫《な》でてやると、なんとも言えない幸福感が胸を満たしていく。

（……やばいなコレ……）

さっきからゆいがかわいすぎて悶えそうになるのを必死に堪えている。

こうやって自分と触れ合うとゆいが幸せそうにしてくれて、それを見ているともっともっと触れたくなってくる。

けれど流石にあんまり女子の身体に触りすぎるのも良くないので、頭を撫でたり抱きしめたりするだけで我慢する。

……本音を言えば男子的に少し悶々とした気分にもなってしまっているが、そんなもどかしさも含めて幸せだった。

そうやってイチャイチャしているとあっという間に時間が過ぎて、もう帰る時間になった。

「ゆい、そろそろ時間だぞ?」

「ん……」

ゆいは名残惜しそうに身体を離した。……ゆいの温《ぬく》もりが離れてしまうのを少し寂《さび》しく感じてしまった。

ネットカフェを出て、手を繋いだまま帰り道を歩く。

「今日はありがとね? 楽しかった」

「ああ、俺も。また行こうな?」

「ん……♪」

少しでも長く一緒にいたくて、自然と足取りはゆっくりになる。このままずっと家に着かなければいいのになんて、心の片隅で思ってしまう。

けれどもそういうわけにも行かなくて、程なくしてゆいの家の前まで来てしまった。優真はこっそりと、残念そうにため息をつく。

「じゃあまたな?」

「ん……」

そう言って手をほどく。さっきまであんなに楽しそうにしていたゆいが今は寂しそうで、いつもの何倍も名残惜しかった。

とはいえいつまでも家の前に突っ立っているわけにもいかない。きびすを返して優真も家に帰ろうとする……と。

キュッと、服を摑《つか》まれた。振り返って見てみると、ゆいが優真の服を引っ張っている。上目づかいにこちらを見つめる目は少し不安そうに揺れていた。

「ゆい？」

「えと……ユ、ユーマ……あ、あのね？　今日は、お父さんもお母さんも帰ってくるの、遅くなる日……なんだけど……」

「え」

優真はその言葉の意味を理解してドキリとした。

「だから……その……。よかったら、もっと、一緒にいたいなって……」

ごくりと生唾を飲み込んだ。

ゆいにそういう意図がないのはわかっている。ただ純粋に、もっと一緒の時間を過ごしたいのだろう。

ただ世間一般的に、こういうふうに恋人の家に誘われるというのはつまりそういうことで、優真もついあらぬ事を想像してしまった。

「えと……だめ？」

ゆいが不安そうに聞いてくる。

――それは流石に駄目だ。友達同士の時とは違う。もう彼氏彼女の関係なのだし、もっと自覚と警戒心を持ってほしい。

……そう言って断るのが正解のはずだったのに、優真は気づけば首を縦に振ってしまっていた。


「お、おじゃましまーす」

家に上がる時に一応声をかけるが返ってくる声はない。

親がいない間に恋人の家に二人きり。かなりよろしくないことになっているが、今さら後には引けない。

デート中とは違う理由でドキドキと胸が高鳴ってしまっている。

……優真も思春期真っ盛りの男子高校生だ。頭ではダメだと思っていても、正直心のどこかでそういう展開を期待してしまっている。

「じゃ、じゃあ、わたしの部屋、行こっか」

「お、おう」

ゆいの後に続いて二階に上がる。……階段を上る時、つい先を行くゆいのスカートから覗《のぞ》く太ももに目が行ってしまった。慌てて目をそらす。

（ヤバい。これは、マジでヤバい）

そういうことには興味も欲求もあるけれど、ゆいのことは大事にしたいし、大切にしたい。だからなるべくゆいのことをそういう目で見ないように普段から気を使っていた。

だが今は……なんというか、ヤバい。

元々ゆいと恋人になれて浮かれていたところに家で二人きりという状況も合わさって、さっきからつい変なことを考えてしまっている。

こっそりと深呼吸。あらためて理性のブレーキを踏み直す。

ゆいの部屋に入る。……ダメだと思っているのにチラリとベッドの方を見てしまって自分をぶん殴りたくなった。

ゆいは優真の方を振り返る。

「えと……あのね？　その……さっそくだけど……甘えても、いい？」

「ぐ、具体的に何するんだ？」

「えっとね？　ぎゅって、したい。その……ユーマのこと抱きしめたいし、抱きしめられたい」

その言葉にまた理性がグラグラするのを感じた。

とはいえ恋人にハグを求められて断るのもどうかと思うので、あらためて覚悟を決めて小さく頷く。

「じゃ、じゃあ、いいぞ」

そう言って軽く手を広げると、ゆいがおずおずとくっついてくる。遠慮がちに優真の背中にゆいの手が回り、その手にギュッと力がこもる。

優真も自分の腕の中にすっぽり収まったゆいを優しく抱きしめた。

「ユーマ、すっごくドキドキしてるね……」

「……だからあんまりそういうこと言うなよ、けっこう恥ずかしいんだぞ」

「ふふ……♪」

ゆいは嬉しそうに笑うとすりすりとおでこを胸にこすりつけてくる。

「好き……大好き……」

「……俺も、好きだ」

「えへへ……♪　ね、ユーマ?　もっと、ぎゅーってして?　潰《つぶ》れちゃうくらい強くしていいから」

ゆいの要望に応《こた》えて腕の力を強くする。ますます二人の身体がくっついて、体温が溶け合うような感じがした。

「苦しくないか?」

「ん、へいき………しあわせ……」

そうやって抱き合っている時間が心地よくて、離れるタイミングも掴めなくて、二人は十分近くそうして抱き合っていた。

そろそろ離れた方がいいかなと優真は腕の力を緩める。すると優真の胸に顔を埋めていたゆいが顔を上げた。

「――――っ」

心臓が跳ね上がるのを感じた。顔を上げたゆいの表情は幸せに蕩《とろ》けていて……なんというか、すごく、蠱惑的《こわくてき》だった。

ドッ、ドッ、と心臓が早鐘のように鳴っている。頭がもやがかかったようにぼんやりしていくのを感じる。

そして――必死にかけていたブレーキを緩めてしまった。

「ゆい……」

「え？　あ…………ん……」

そっと、ゆいと唇を重ねる。

ゆいは最初、緊張からか身体を強張《こわば》らせていたけれど、少しすると力が抜けて優真に身を任せてくれた。

ゆいの唇は柔らかくて、温かくて、瑞々《みずみず》しくて。甘い感触に脳髄が痺《しび》れるようだった。

ファーストキスの時よりも緊張が解けているのもあって、よりゆいの唇の柔らかさを楽しむことができた。

（ヤバい……これ、頭溶ける……）

その感触をもっと味わいたくて、軽く唇を動かす。するとゆいの身体がまた少し強張るのを感じたけれど、すぐに力を抜いて受け入れてくれる。それが嬉しくて、気持ち良くて、幸せだった。

それから少しして、ゆっくりと唇を離した。

「あ……」

「その……ごめんな、急に」

「う、ううん。……ユーマがキス……してくれるの、うれしいから……」

ゆいはさっきまでより一層表情が蕩けきっていて、優真は思わず生唾を飲み込んだ。

（……ダメだ。これ以上は、ダメだ）

これは本気でまずいと、優真の中の理性がかつてないほど警鐘を鳴らしている。

一方そんなこととはつゆ知らず。ゆいはちょんちょんと優真の服を引っ張ると、潤んだ瞳《ひとみ》で優真を見上げ、さらに追い打ちをかけてくる。

「……もっと」

「……え？」

「もっと、しよ……？」

「────っ」

甘い声に理性がぐらぐら揺れて、優真は必死にブレーキをかける。

ゆいのことが好きで、可愛《かわい》くて、大切だ。だから傷つけるようなことはしない。そう思う一方で、どんどん男としての劣情がわき上がってくる。

今キスするのは絶対ダメだ。これ以上キスしたら……正直、自分でもどうなるかわからない。

なのに……目を閉じて、自分がキスするのを待っているゆいを見ていると、急速に理性が溶けていくのを感じる。

このままゆいを押し倒して、ゆいの全《すべ》てを自分のものにしてしまいたいという欲求がどんどん膨らんで……。

――と、その時だ。

プルルルル。プルルルル。

突然鳴り出した電話の音に二人とも飛び上がりそうになった。見ると棚の上に置かれた家の電話の子機が鳴っている。

ゆいは少しの間、電話に出るか無視するか迷ったようで視線を行ったり来たりさせていた。

「で、出た方がいいんじゃないか？　大切な電話かもしれないし」

「……ん」

ゆいは少し残念そうにしながら優真から離れ電話に出る。少しの間会話して電話を切ると、しょんぼりした様子で優真の方を見た。

「お母さんとお父さん、今から帰ってくるって」

「そ、そうか。じゃあ俺も帰ろうかな」

「ん……」

水を差されたことで二人とももう冷静になっていた。そして冷静になってしまうと先程までのことがどうしようもなく恥ずかしくなってしまう。

さっさと帰り支度を済ませて、足早にゆいの家を出る。見送りに出てくれたゆいが見えない場所まで来ると、優真は大きく息を吐き出した。

（危なかった……！　今のは本気で、危なかった……！）

まだ心臓が鳴りやまない。深呼吸を繰り返してどうにか気持ちを落ち着ける。

優真も健全な男子高校生だ。あんな状況になると、流石にちょっと、いろいろとたまらないものがある。

（もう何度思ったかわからないけど、あいつちょっと無防備すぎるだろ……）

……心の中では今も、優真の中の悪魔が『恋人同士なんだし手を出したっていいじゃないか』なんて甘い言葉をささやきかけてくる。

けれどやっぱりダメだ。優真もゆいもまだ十五歳だし、つい先日恋人同士になったばかり。

キスだけでも十分早いと思うのにさらに先のことまでというのはいくらなんでも早すぎるだろう。

それにゆいは優真にとって恋人であると同時に、大事な親友でかわいい妹分でもある。護《まも》りたいし、幸せにしたいし、大切にしたい。

あと、男子の臆病な部分というか、そういうのをがっついてゆいに嫌われたくない。だから自分の劣情をぶつけるようなことは絶対無しだ。

優真はそうして、あらためて理性のブレーキを踏み直した。

†

一方のゆいはベッドに腰掛け、湯気が出そうなほど顔をまっ赤にしていた。

指先で自分の唇に触れる。まだ優真とキスした感触が残っている。

（わたし、ホントにユーマと恋人なんだ……）

頭がふわふわして微妙に現実感がない。

だってゆいにとって優真は初めて仲良くなれた親友で、あちこち連れ出して自分を変えてくれたヒーローで、初めて好きになった大好きで大好きでたまらない男の子だ。

これまで辛《つら》いことはいろいろあったけど、それが全部利子もつけて返ってきたというか、幸せすぎて『こんなに幸せでいいのかな？』なんてちょっぴり不安になるくらい幸せだ。

夢見心地のままベッドに横になり、目を閉じて優真とキスした時のことを思い返す。

優真とのキスは幸せで、心地よくて、頭がふわーっとなる。

いいところで電話がかかってきて止めちゃったけど、もし電話がなかったら、もっといっぱい……。


目を閉じて、そのシーンを想像する。

二人きりで、抱き合って、お互いの体温を感じながら何度も何度もキスをして。

優しく頭を撫でてくれて、いっぱいかわいいってささやいてくれて……大人のキス、とかも、したりして……。

（…………わたし何考えてるの⁉）

ゆいはついそんなことを想像してしまって足をバタバタさせた。

付き合ってすぐにキスした時点で『早いかな？』と思っていたのに、大人のキスまでしたいって思うのはちょっとはしたないんじゃないだろうか？

……けれど、ここでブレーキをかけたりしない。

優真と恋人になれたのはもちろん嬉しいけれど、ゆいの目標はこれからもずっと優真と一緒にいることだ。

優真にはもっともっと自分に夢中になってほしい。だから少し恥ずかしいけれど、これからも頑張って積極的に行こうと思う。

……それに、そのことがなくても、好きな人からキスしてくれるのは女の子としては憧れのシチュエーションで、優真とのキスはすごく幸せで……。

……ゆいの方も、ちょっと、キスにやみつきになり始めているわけで……。

ゆいのことが大好きで必死にブレーキを踏んでいる優真と、優真のことが大好きでアクセル全開になってしまっているゆい。

甘くて、じれったくて、ちょっぴり危なっかしい二人の日々はこれからも続いていく。

〜〜ッ…!!
カァァァ…

『ずっと友達でいてね』と言っていた女友達が友達じゃなくなるまで

This is the memory until the girl who said
"Please be my friend forever,"
is no longer my friend.

ファンレター、作品の
ご感想をお待ちしています

〈あて先〉

〒106－0032
東京都港区六本木2－4－5
ＳＢクリエイティブ（株）
ＧＡ文庫編集部 気付

「岩柄イズカ先生」係
「maruma(まるま)先生」係

本書に関するご意見・ご感想は
右の QR コードよりお寄せください。

※アクセスの際や登録時に発生する通信費等はご負担ください。

https://ga.sbcr.jp/

『ずっと友達でいてね』と言っていた
女友達が友達じゃなくなるまで 3

発　行　　2022年12月31日　初版第一刷発行
著　者　　岩柄イズカ
発行人　　小川　淳

発行所　　SBクリエイティブ株式会社
〒106－0032
東京都港区六本木2－4－5
電話　03－5549－1201
　　　03－5549－1167（編集）

装　丁　　AFTERGLOW

印刷・製本　中央精版印刷株式会社

ISBN978-4-8156-1720-2
Printed in Japan
GA 文庫

試読版は
こちら!

試読版は
こちら!